집의 기록

살구의 마음

집의 기록

살구의 마음

최
상
희

지
음

해변에서랄랄라

목차

기억과 안개
언젠가의 집

이른 아침, 마당에 햇살과 새소리가 깃든다. 이불 속에서 창틈으로 들려오는 소리에 가만히 귀기울인다. 유리구슬처럼 공명하는 맑고 투명한 소리. 날씨가 좋을 모양이다.

현관문을 열고 나가자 왜 이렇게 늦었냐고 냥냥 울며 고양이가 달려온다. 밥그릇을 수북하게 채우고 마당을 한 바퀴 둘러본다. 이른 봄에 심은 덩굴장미는 비둘기색 꽃망울을 틔웠고 데이지는 신부의 드레스처럼 풍성해졌다. 연푸른 니겔라는 새벽안개처럼 바람에 흩어지고 하얗게 일렁이는 카모마일 꽃 사이로 라일락 향이 조용히 풍겨온다. 민트와 레몬밤, 로즈메리와 라벤더의 숲. 짙어지는 초록의 냄새.

엊그제 잡초를 뽑은 자리에 새로 풀이 올라왔다. 나직하게
몸을 숙이고 녹음 속을 누빈다. 도저히 이길 수 없는 싸움임
을 알면서도 한참 잡초와 씨름하다 마침내 항복한다. 시간이
훌쩍 지나 있다. 갑자기 허기가 몰려온다. 익은 딸기를 몇
개 따 마당 수돗가에서 씻어 입에 넣는다. 달고 유순한 맛이
뭉클 입 안에 퍼진다. 뒤뜰에서 상추와 머위 잎을 뜯고 바닥
에 떨어진 살구를 줍는다. 아침 메뉴가 자연스레 결정된다.

아침을 담아온 볼은 그대로 차가운 물에 잠긴다. 일렁이는
초록, 인어의 머릿결 같은 물이 손을 푸르게 물들이고 나는
부엌 창가에 서서 마당을 내다본다. 배불리 먹은 고양이들은
볕 잘 드는 자리를 찾아 단잠에 빠져 있다. 나뭇잎이 가만히
흔들리고 하얀 꽃잎이 고요히 바닥에 떨어진다. 문득 아주
멀리 왔다는 생각이 든다.

오래된 주택

지난겨울 이사 온 집은 마당이 있는 오래된 주택이다. 70년대 초 외국인 선교사가 짓고 살았다고 한다. 건축 당시에는 방 두 칸에 조붓한 마루, 집에 비해 크다 싶은 창고가 딸린 붉은 벽돌 건물이었다. 시간을 두고 조금씩 내부 구조가 바뀌었고 최근 대대적인 공사를 거쳐 방 세 개와 너른 거실, 하얗게 외벽을 칠한 건물로 변모했다. 마당은 잔디로 덮여 사철 꽃이 피고 어느 여름 나뭇가지가 휘도록 앵두가 열리고 소쿠리 가득 노란 감을 따던 가을도 있었다. 뜰 가운데에 붉은색과 금빛 잉어가 헤엄치는 연못이 있었으나 메워지고 늘 차갑고 맑은 물이 샘솟는 우물이 있는데 지금은 쓰지 않는다. 내가 이 오래된 집에 대해 잘 알고 있는 이유는 어렸을 때 살았기 때문이다.

엄마는 너른 마당과 담쟁이넝쿨로 뒤덮인 빨간 벽돌집에 첫눈에 반했다고 한다. 엄마는 첫눈에 잘 반하는 사람 같다. 내 부모는 젊은 시절 각자의 친구들과 해인사에 놀러 갔다 우연히 만나 3년 넘는 장거리 연애 끝에 결혼했다. 첫눈에 아빠에게 반했냐고, 어디가 그렇게 좋았냐고 물으면 엄마는 아니라고 극구 부인하며 시치미 떼지만 얼굴에 살포시 어색한 미소가 떠오른다. 엄마는 뭘 잘 감추지도 못하는 사람 같다. 첫눈에 반한다는 건 매우 로맨틱하지만 무모한 일이기도 하다. 한눈에 반한 집은 정작 살아보니 불편하고 고달픈 점이 한둘이 아니었다. 그건 첫 만남에 주소를 주고받은 남자에게도 해당하는 얘기였다. 하지만 이미 늦었다. 첫눈에 반하고 마음을 내주고 나면 그걸로 끝이다. 덕분에 다섯 딸이

줄줄이 태어났고 딸들은 너른 마당을 야생 고양이처럼 제멋대로 누비며 자라났다.

나는 기억한다. 이사 트럭에서 내려 부모님의 손에 이끌려 처음 대문 안으로 들어선 순간. 이삿짐 내리는 소리가 분주하고 어수선한 가운데 나와 어린 동생은 처음 빛을 본 병아리처럼 어리둥절해서 서로 꼭 붙어 있었다. 아직 봄이 오지 않은 마당은 마른 풀과 잿빛 흙으로 덮여 있고 희붐한 빛이 어려 있었다. 그건 겨울 안개였을까, 봄 아지랑이였을까. 낯설면서도 어쩐지 두근거려 두리번거리다 나는 마당 한쪽 유난히 환한 곳에 눈길을 두었다. 어린 나뭇가지에 우연히 떨어진 별처럼 작고 하얀 꽃이 피어 있었다. 이곳을 우리 집이라 부르게 될 것을 나는 예감했다. 내 나이 일곱 살 때였다. 나는 엄마를 전혀 안 닮았다고 생각했는데 닮은 점이 있었다. 나도 첫눈에 잘 반하는 편이었다.

오래전 기억 속의 집으로, 나는 다시 돌아왔다.

언젠가의 집

언젠가 살아보고 싶은 집이 있다. 작은 침실과 책이 가득 쌓인 방, 그리고 멀리서 찾아온 손님과 두런두런 이야기 나누다 문득 밤이 되었음을 깨닫고 기꺼이 내줄 수 있는 여분의 방이 하나 더 있으면 좋겠다. 마루에 요를 깔고 손님과 나란히 누워 밤새 얘기해도 좋을 것 같다. 그래도 방은 세 개쯤이 좋다. 여름의 침실과 겨울의 침실을 두고 철마다 옮겨 자고 싶다. 왜냐하면 여름 침실의 창밖으로는 라일락이 보이고 겨울 침실 창 너머로는 눈 쌓인 동백나무가 보이기 때문이다. 작은 집을 둘러싸고 계절이 오가는 마당이 있어 여름이면 나무가 우거져 신선한 향내를 풍겨 이따금 바람이 불면 푸른 잎이 파도처럼 일렁이고 겨울이면 쓸쓸한 풍경 위로 하얀 눈이 내려앉아 싸늘한 밤하늘엔 별이 총총하다. 잔디와 풀이 뒤섞여 자라고 수수한 꽃들이 피어나는 마당에 고양이가 놀러 오면 밥과 물을 정성껏 대접하고 싶다. 마당에서 난 것들로 차린 소박한 일 인분의 식사를 하고 밤하늘을 올려다보며 내일의 날씨를 짐작해보는 하루를 살고 싶다. 겨울에는 맑고 깊은 차를, 비 오는 날에는 진하게 내린 커피를 마시며 커다란 창 너머로 마당을 오래오래 내다보고 싶다. 햇살이 눈부시게 쏟아지는 마당을 바라보는 날도 있을 것이다. 수국이 푸르게 피어나고 빗방울 맺힌 초록 잎이 청량한 날, 누군가에게 전화해 아무것도 아닌 이야기들을 하다 어쩌면 아름다운 풍경을 보니 생각이 났다고 말할지도 모르겠고 함께 보고 싶다는 말은 하지 못할지도 모른다.

언젠가 그런 집에서, 그렇게 살고 싶었다.

모르는 영역

한때 복닥거렸던 집은 다섯 자매가 성장해 하나둘 떠나며 적막해지고 부모님이 이사한 뒤로 오랫동안 비어 있었다. 그 집으로 언젠가 돌아가 살지도 모른다고 막연히 생각했지만 정말 그러리라고, 혹은 그럴 수 있다고 마음먹는 데는 고민의 시간과 용기가 필요했다. 사는 곳을 옮긴다는 건 익숙했던 것들과의 작별을 의미하므로. 자주 들르던 카페와 빵집, 꼭 가봐야 해, 하고 내 좋은 사람들을 데리고 신나서 가던 식당, 앨리스 먼로와 젤라즈니의 책이 어디에 꽂혔는지 눈 감고도 찾을 수 있는 도서관, 늦은 밤 걷던 강가 산책로, 그 길에서 만나던 작은 고양이들, 자주는 아니지만 이따금 만나 서로의 안부를 묻고 안녕을 빌던 친구들, 익숙한 거리와 몸을 누이면 꼭 맞는 소파가 놓인 내 집.

익숙함이 꼭 좋은 것만은 아니지만 변화는 아무래도 조금 두렵다. 살던 곳으로 돌아간다는 게 연어의 세계에서는 지극히 당연한 일이지만 나는 어쩐지 망설였다. 많은 것이 달라지리라 예감했기 때문이다.

떠날 때와 달리 나는 조금 겁쟁이가 돼 있었다. 적지 않은 세월이 흘렀고 나는 나이를 먹었다. 나이 든다는 건 현명해지는 게 아니라 실수와 실패에 무뎌지거나 혹은 견디거나 피하는 요령이 생긴다는 의미일지도 모른다. 하지만 나는 여전히 실수와 실패를 반복하고 후회하고 자책한다.

수많은 선택과 결정들은 대개는 짐작과 조금 다른 방향으로 나아갔고, 그때마다 내 삶이 어긋나고 틀어지고 있다고 생각하는 편이었다. 그러나 그건 매우 자연스러운 일이었다. 살아보지 않은 삶에 대한 확신은 대체로 적고 그러므로 우리는 잘 알지 못한 채 작은 선택과 결정이 서서히 만들어낸 우연의 궤적을 따라 가볼 수밖에 없다. 조금 더 나은 방향으로 가고 싶다는 작은 소망을 품고. 삶에 대해 완벽히 알 수 있는 날은 결코 오지 않을 것이다.

나는 집으로 돌아가기로 했다. 생각하던 언젠가, 보다는 조금 빠른 언젠가, 가 되었다.

선택과 포기

몹시 무덥던 여름 어느 날, 마당의 풀이 밀림을 이뤄 모기떼가 신나게 파티 중인 집에서 인테리어 공사 업자들을 만났다. 비워진 채 오래 방치된 집을 둘러보고는 다들 고개를 절레절레 내저으며 이 정도면 수리보다 허물고 다시 짓는 게 낫다고 했다. 만만치 않은 공사가 되리라는 우려와 협박에 가까운 충고에 나는 다소 의기소침해졌다. 어마어마한 액수가 적힌 공사 견적서를 받고는 절망했다. 공사, 가능할까? 집 공사는 무수한 선택과 결정의 연속이다. 책상 등 하나를 사는 데도 온라인과 오프라인 쇼핑몰을 들락거리고 후기를 읽으며 이거다! 하는 물건을 발견하기까지 수없이 고민하는 근심 많고 소심한 타입인 내게 집 공사는 이거다! 이거야! 이게 아닌가! 가 수만 번 반복되는 길고 험난한 고생길이 될 게 눈에 훤했다.

공사에 참고할까 해서 리모델링에 관한 사이트를 수도 없이 찾아봤다. 시공 사례들을 보며 다들 어쩜 그리 감각이 넘치고 야무지며 똑똑한지 감탄이 절로 나왔다. 시공업체에 맡기는 대신 손수 공사하는, 이른바 셀프 인테리어 사례는 한 편의 대서사시를 방불케 했다. 시공 계획을 세우고 공사 일정에 맞춰 어벤저스 팀을 꾸려 현장을 지휘하고 시장을 누벼 벽지와 바닥재, 조명과 타일 등등을 직접 고르고 심지어 해외 직구로 수전과 스위치까지 딱 마음에 드는 것을 골라내는 기동력과 열정에 탄복하며 내가 내린 결론은 이랬다. 나는 이렇게 못해.

셀프 인테리어의 장점은 뚜렷했다. 일단 공사 비용을 줄일 수 있다. 그리고 내 취향과 원하는 바를 오롯이 반영할 수 있다는 것. 그에 반해 단점도 명확했다. 발품을 부지런히 팔아야 하고 모든 공사 과정을 컨트롤해야 하니, 한 마디로 몸과 마음이 몹시 고달프리라는 거였다. 나도 잠시 셀프 인테리어, 아니 반셀프라도 고려해 보았는데 도저히 엄두가 안 났다. 내 집은 공사 규모가 컸다. 집의 골조만 남기고 대부분 철거하고 위태로운 담 역시 모두 허물고 다시 쌓아야 했다. 리모델링이라고 했지만 거의 새로 짓는 수준인 셈이었다. 그래서 인테리어 업체에 공사를 맡기는, 이른바 턴키 공사가 낫겠다 싶었다. 턴키 공사의 장점은 셀프 인테리어보다 몸과 마음이 덜 수고스럽다(이내 착각임을 깨달았다). 덜 수고스러운 만큼 비용이 더 들고 내 취향보다는 인테리어 업자의 매뉴얼대로 결과물이 나올 수 있다. 무시할 수 없는 단점에도 불구하고 턴키 공사를 선택했다. 책임 소재 창구를 하나로 하고 싶었기 때문이다.

하지만 이게 얼마나 안이한 생각인지 나는 금세 깨닫게 되었다. 셀프 인테리어든 턴키 공사든, 책임 소재 창구가 있다면 그건 딱 하나, 바로 나였다.

드라이비트 마감과 스타코 마감의 차이와 장단점, 배관과 난
방, 단열재의 두께와 바닥재의 종류와 최근 유행하는 욕실
타일 시공법. 며칠 동안 인테리어 업자들을 만나며 알게 된
것들이다. 완전히 미지의 분야에 대한 정보를 이렇게 많이,
단시간에 접한 적 없었다. 마치 젖은 바닥에 떨어진 티슈처
럼 나는 정신없이 정보를 흡수하려 했다(잘 안됐다).
인테리어 업자들과 몇 차례 만나다 보니 설명하고 이해하는
데 익숙해졌다. 어떤 것이 필요하고, 무엇이 중요하고, 어떻
게 고쳐야겠다는 생각들이 조금 더 구체화되고 명확해졌다.
무엇이 안 되고 어떤 게 어려운지도 알게 되었다. 무수한 선
택과 포기의 과정을 거쳐 집은 머릿속에서 느리지만 조금씩
형체를 갖춰갔다. 하느님이 태초에 하늘과 땅이 있으라, 를
시작으로 천지 창조할 때 마지막 날 만든 인간이 왜 이렇게
엉망인지 이제 충분히 이해한다. 아마도 마지막에는 될 대로
되라, 의 심정이었을 것이다. 살면서 이렇게 단시간에 이토
록 많은 선택과 결정을 해 본 적 없었다.

별로 중요치 않다고 생각하는 부분이 내게는 중요해요.
예를 들면 천장 몰딩과 걸레받이는 만들고 싶지 않고, 창은
책상에 앉아서 마당을 내다볼 수 있는 높이로, 창턱에 책을
서너 권 쌓고 작은 화분 하나 올려둘 수 있는 정도가 좋아
요. 너무 밝은 집은 원하지 않아요. 전체적으로 조도를 낮
추고 대신 작은 램프 등 몇 개를 맞춤한 곳에 두고 살고 싶
어요. 소파에서 책을 읽다 어둠에 잠긴 마당을 조용히 바라
보며 잠이 느긋이 찾아오길 기다리는 아늑한 불빛, 그 정도
면 충분해요.
사는 데에는 하등 중요하지 않고 공사하기 번거롭기만 하고
누가 알아주지는 않지만 나 혼자 알고 만족하는, 그런 작고
소소한 것들이 내게는 아주 중요해요.

서랍 속 제비꽃

공사가 시작되기 전, 동생들과 집에 들렀다.

부모님이 이사한 뒤에도 집 안에는 꽤 많은 짐이 남아 있었다. 오래 묵은 짐에는 자매의 물건들이 많았다. 함께 쓰던 책상과 책장, 서랍장과 그 속에 담긴 것들. 잡동사니 속에서 보물찾기하듯 우리는 뭔가 발견하고 함께 보고 웃는다. 서랍 속에서 찾은 누렇게 변한 상장과 성적표, '친구들을 잘 도와주고 성실하며 타의 모범이 되어 장래가 기대되는 어린이'는 집에서는 귀엽기만 한 막둥이였다. 다섯 가지 색 볼펜으로 쓰고 스티커를 빼곡히 붙인 다이어리는 열 장을 넘기지 못하고, 봉투에 뭉텅이로 담긴 사진들 속에 우리는 눈을 감거나 우스운 표정이다. 앙드레 지드, 사강, 투르게네프, 스탕달, 버지니아 울프, 박경리, 오래전 밤새워 읽었던 소설책들. 데이지 밀러, 마담 보바리, 안나 카레니나, 제인 에어, 테스, 김약국의 딸들. 왜 여자들의 인생은 그토록 기구한 걸까. 책장 사이에 끼워져 있던 마른 제비꽃은 손가락에 닿자마자 애처롭게 바스러졌다. 소파 밑에서 발견한 작은 자동차는 초록색이고 조카는 한때 자동차를, 그중에서도 트럭을 제일 좋아했고 그건 아주 오래전 이야기다. 그릇장에서 작은 꽃이 그려진 접시 몇 개를 챙기고, 시집갈 때 가져가라며 엄마가 일찌감치 장만해 뒀던 그릇은 다 어디로 갔을까. 창고에 있던 삽과 호미와 괭이 등, 나중에 소용될 물건도 챙기고, 소용과는 상관없이 오래전 우리 곁을 떠난 강아지 집도 챙겼다.

그리고 마지막으로 집 사진을 찍었다.

사진이 없다면 믿지 못할 아주 오래된 전설 같은 시절, 아빠
는 젊고 나는 어렸고 기저귀를 찬 동생은 마당을 기어 다녔
다. 나는 사진 속에 입고 있는 원피스를 무척 좋아했던 듯싶
고, 뒤에 서 있는 화분은 오랫동안 우리와 함께 이사 다녔겠
구나 짐작해 본다.

기억은 안개와 같다. 모호하고 몽롱하며 형체가 없으며 손
에 잡히지 않고 가까스로 잡았다고 생각하면 스르르 흩어진
다. 더구나 그것이 유년기에 관한 것이라면. 그 시절의 기
억은 꿈처럼 흐릿한 상태로 뭉뚱그려진, 잘 기억나지 않는
꿈과 같다.

이상형의 집

여행하며 타인의 집을 빌려 묵곤 했다. 이삼일, 길게는 한두 달 머문 방과 집들이 세상 곳곳에 있고 이따금 나는 그곳의 장소들을 떠올려, 그럴 때면 환한 대낮에도 꿈을 꿀 수 있어 아주 먼 여행을 다녀온 기분이 든다.

베개에서 나는 시트러스의 세제 냄새, 가운데가 움푹 꺼진 소파, 희미하게 방 안을 떠도는 백단향, 읽다 둔 소설책, 탁자 위에 펼쳐진 잡지에는 북극곰 사진이 실려 있었다. 의미를 알 수 없는 외국어가 적힌 사용 설명서, 바질과 재스민 화분이 놓인 작은 테라스를 통해 불어오는 바람, 찬장 서랍은 커피와 넛맥, 클로브 향이 배어있고, 먹을 수 있는 거라면 뭐든 먹어도 좋아요, 라고 적힌 메모가 붙은 냉장고 안에 들어있던 건 레몬과 라임 몇 알, 시들어가는 민트 한 다발과 반쯤 남은 와인 병. 집주인은 파티를 좋아하는 사람이리라 짐작해 보는 작은 탐색의 시간.

시장을 구경하다 다 먹지 못할 걸 알면서도 욕심 나서 잔뜩 산 것들을 햇살이 퍼진 부엌에서 느리게 먹는 크루아상의 아침. 한입 베물고 웃을 때마다 접시 위에는 달콤한 부스러기가 우수수 떨어졌다. 하루의 여행이 끝난 늦은 오후, 이제 집에 가자 하고 걷던 골목길에 드리운 긴 그림자, 돌아오는 길에 산 국수를 그릇장에서 신중하게 고른 접시에 담고 촛불을 켰다. 납작한 복숭아와 산양 치즈, 바삭하고 소리 내며 부서진 타르트 타탱, 미지근하게 식은 와인을 마시는 동안 불빛을 따라 날아든 나방의 날갯짓 소리가 창문을 때렸다. 거리가 깊은 어둠과 침묵에 잠길 무렵 우리는 반쯤은 잠에 취해 있었다. 타인의 집에 머무는 건 일상과 비일상의 경계에서 느긋함과 적당한 긴장감이 뒤섞인 기분이었고, 약간 묘하면서도 신선해서, 어떤가 하면 나는 그게 좋았다.

침대에 누워 초록 나무와 푸른 하늘을 바라보던 창과 얇은 레이스 커튼 사이로 스며들던 희붐한 햇살과 야자수의 그림자, 숲이 우거진 공원을 걷는 아침 산책과 산책길에 들러 커피를 사는 상냥한 카페와 붉은색으로 칠한 호숫가 나무집, 천장이 나지막한 다락방. 잠시 머물던 여행의 공간들.

헬싱키 도심에서 살짝 떨어진, 빈티지 숍과 멋진 카페가 많은 거리에 있던 수비의 집은 오래된 건물의 3층에 있었다. 활짝 웃는 얼굴이 근사한 수비는 처음 보는 나를 껴안아 환영해준 뒤 주위의 괜찮은 식당과 빵집과 카페를 다정하게 일러주고 마당을 함께 쓰는 맞은편 건물에 있는 사우나에 꼭, 꼭 가보라고 당부하고는 내 볼에 쪽쪽 소리 나게 입맞춤한 뒤 남자친구네 집에 묵으러 간다며 작은 트렁크를 끌고 떠났다. 현관문이 닫히자마자 우리는 소리를 질렀다.

그 집은 정말이지, 너무 아름다웠다.

멀리 은빛 자작나무로 둘러싸인 아름다운 틀룬라티 호수가 내다보이고, 선반에 아라비아의 그릇이 가지런히 놓여 있는 주방에서 우리는 뿔라와 링곤베리잼을 먹고, 외출했다 돌아오면 시장에서 산 수프를 데우거나 파스타를 만들어 테이블에 앉아 아무것도 아닌 이야기들을 하다 아무것도 아닌 것에 웃었다. 수비가 당부한 대로 사우나에 가서 노곤해질 때까지 뜨거운 김을 쐬며 피로를 푼 뒤, 차가운 맥주를 마시고 조금 알딸딸해져서 잠자리에 들었다. 볕 잘 드는 하얀 집에서 가장 많이 한 건, 창가에 앉아 멍하니 창밖을 바라보는 것이었다.

그리고 언젠가 이런 집에서 살고 싶다고 생각했다.

소설의 기분

드디어 공사가 시작됐다. 그건 즉, 무수한 선택의 오류가 발견되는 나날이라는 뜻이었다. 되돌리기에 너무 늦은 것도 있고, 구차하지만 사정해서 수정하고, 설득하고 싸워서 바꾸기도 했다. 충돌과 타협, 포기의 반복이었다. 공사를 의뢰한 이와 공사하는 이의 눈과 의견은 달랐고 현장에서 자주 부딪쳤다. 한치도 물러남 없는 지리멸렬한 싸움에 지친 나는 슬그머니 공사 현장을 빠져나와 동네를 한 바퀴 돌며 길고양이들이 보이면 밥을 두고 간식을 던져줬다. 두렵지만 조심스레 접근해 먹이를 먹는 고양이들을 한참 지켜보았다. 그중에 상냥하게 다가오는 고양이가 있었다. 코 옆에 작은 점이 있는 아주 귀여운 고양이다. 길고양인데도 참 깨끗하다 싶었는데 골목 끝 집에서 키우는 아이였다. 쓰다듬어 달라고 내게 몸을 비비고 한참 신나게 놀다가도 주인이 기쁨아~ 하고 부르면 냉큼 안으로 들어갔다. 그리고 나면 인부들이 모두 떠난 집으로 돌아가 공사 상황을 둘러보며 내일의 싸움에 각오를 다졌다.

자신의 삶을 얘기하자면 책 한 권을 써도 모자란다고 말하는 사람들을 자주 봤고 그때마다 나는 놀라곤 했다. 나에 관한 이야기를 쓴다면 한 페이지를 채우기도 힘들 것 같은데. 나는 소설을 쓸 때마다 마른 바닥에서 물을 퍼내는 기분이 든다. 하지만 공사 이야기라면 책 한 권 분량은 너끈히 채울 수 있을 듯하다. 집 고치는 과정의 고충은 많이 들어봤지만 실제로 경험하니 소설보다 훨씬 다이내믹하고 상상 이상이었다. 절대 과장이 아니다.

늦은 여름에 시작해 6주 완공 예정이던 공사가 찬 바람이 불 때까지 지지부진하게 이어졌다. 공사가 마무리된 건 크리스마스 즈음이었다.

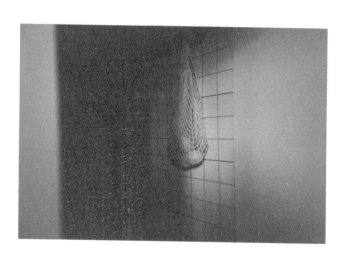

이사

해가 바뀐 겨울의 유독 추운 날, 드디어 이삿짐을 쌌다. 이삿날은 큰이모가 집안에 크고 작은 일이 있을 때마다 찾아뵙는 보살님에게 받은 날짜 중 하루로 정했다. 나는 그런 걸별로 믿지 않지만 이왕이면 엄마 마음이 편한 쪽으로 택하자싶었다. 이사하는 날, 밤새 잠을 설쳤고 알람이 울리기 전에눈이 떠졌다. 어둑한 새벽이었다. 이사 트럭을 기다리며 밖을 내다봤다. 계약할 때 심란해하는 내게 이사 업체 사장은눈만 안 오면 되죠, 걱정 마세요! 하고 호기롭게 말했다. 갑자기 먼 하늘이 컴컴해지며 깃털로 속을 채운 베개를 거꾸로들고 흔든 것처럼, 눈송이가 부연 하늘에서 쏟아졌다. 참 좋은 날이라는 보살님의 말이 무색하게도 사다리차로 짐을 내리기 시작하자 시커먼 눈보라가 휘몰아쳤다. 이사 업체 사장의 안색이 급격히 어두워졌다. 지붕에 눈이 소복이 쌓인 이사 트럭이 엉금엉금 아파트 주차장을 빠져나갔다.

남겨둔 빗자루로 바닥에 남은 이사 흔적을 쓸었다. 살던 곳을 말끔히 정리하고 떠나는 게 집에 대한 예의라고 생각했다. 주변을 정돈하는 건 혼자 살면서 생긴 습관이다. 습관을들이지 않으면 무너지고 말까 봐 누가 보지 않는 데도 쓸고닦고 살았다. 그렇게 한다고 더 나은 인간이 되는 건 아니지만 더 나빠지지는 않으리라고 여겼다. 텅 빈 집을 한번 둘러본 뒤 문을 닫고 떠났다.

사람들은 평생 몇 번이나 이사할까. 내가 즐겨보는 티브이 프로그램에는 태어난 곳에서 한 번도 떠난 적 없다는 노인들이 종종 나온다. 정확히 말하면 할아버지들이다(할머니들은 대개 결혼해 집을 떠났다. 떠나고 다시는 친정에 가지 못했다는 할머니도 있었다). 나는 그런 이야기에 좀 흥미가 있다. 태어난 곳에서 평생 살다 죽는 삶은 어떤 것일까. 예전에는 그런 삶이 드물지 않았으리라. 아버지의 아버지의 아버지가 일군 터전에서 태어나고 자라 가업을 잇고 결혼해서 아이를 낳고 아이가 성장해 결혼하면 한집에 살거나 분가시킨 뒤에 오늘이 어제 같고 오늘과 별다르지 않을 내일을 살다 이윽고 죽음이 찾아오면 잠들 듯 세상을 떠나는 삶. 방은 생활 공간이자, 출산과 육아의 장소이며, 죽음을 맞는 곳이었다. 그렇게 산 사람들이 있다. 내 주변에서 본 적은 없다. 내 조부는 결혼한 장남을 따라 고향을 떠났다. 그리고 긴 삶의 마지막에는 자신이 어디에 있는지 모르는 상태로 죽음을 맞았다. 치매를 앓았던 조부는 종종 몰래 집을 나가 내 큰어머니를 애태웠다. 조부는 대개 길 위에서 발견되었다. 자신이 누군지도 기억하지 못하는 조부가 향한 곳은 늘 당신의 아들과 딸들의 집이었다. 그중에서도 우리 집을 가장 많이 찾아왔다. 여덟 형제 중 막내였던 아빠는 조부가 제일 사랑하는 자식이었다. 거의 모든 것이 기억에서 사라지고 난 뒤 가장 마지막에 지워지는 건 사랑일지도 모른다고 나는 생각하게 되었다.

밤새 야간열차를 타고 국경을 넘어 다른 나라에서 눈을 뜨는 삶을 꿈꿨다. 천막과 세간살이를 수레에 싣고 양 떼를 몰며 풀을 찾아 옮겨 다니는 유목민의 삶을 동경하기도 했다. 하지만 내게 살아보라고 하면 순한 풍경이 보이는 곳에 집을 짓고 떠나지 않고 살고 싶다. 고요히 흔들리지 않는 호수나 인적은 드물고 작은 동물들이 이따금 찾아오는 깊은 숲 같은 곳. 깊은 곳에서 고요히 살고 싶다. 그러나 어느 날 문득 부드러운 바람이 불어오면 훌쩍 떠나 세상 구경하고 돌아와 참 좋은 여행이었어, 하지만 집에 오니 더 좋네, 하며 산뜻하게 사는 것도 괜찮다 싶다.

차창으로 눈송이가 달려든다. 하얗게 눈 쌓인 풍경이 다가왔다 이내 뒤로 멀어진다. 내가 살던 도시는 더 이상 보이지 않는다. 어둡고 긴 터널을 지나자 세상은 온통 부옇다. 이 세상 아닌 꿈속 같다. 지난밤 잠을 설친 탓에 졸리고 멍하다. 눈을 감아 보지만 잠은 오히려 저 멀리 달아난다. 이제 더는 이사 하지 않았으면, 이게 마지막 이사였으면 좋겠다고 생각한다.

고향 집에 도착한 건 이미 해가 저문 뒤였다. 미리 와서 청소하고 있던 부모님이 나를 반겨주었다. 이삿짐이 눈 쌓인 마당을 통해 집 안에 부려지기 시작했다. 제 자리를 찾지 못한 짐들은 우왕좌왕했고 어두운 하늘에 다시 눈발이 날리기 시작했을 때 짐을 다 비운 트럭은 부랴부랴 떠났다.

어찌어찌 겨우 자리 잡은 식탁에서 배달시킨 음식으로 늦은 저녁을 먹었다. 내가 집을 떠나기 전, 날마다 온 가족이 둘러앉아 밥을 먹던 자리였다. 그때 부모님은 젊었고, 어린 나와 내 자매들은 무릎이 나온 내복을 입고 저마다 소중히 여기는 인형을 품에 안고 밥상에 둘러앉았다. 크기와 모양이 저마다 다른 그릇과 숟가락들, 서로 맞댄 작고 동그란 머리, 어린아이들의 말과 웃음소리. 조금 북적이고 한없이 따스했다. 그랬을 것이다. 웬일인지 기억은 희미하다.

어쩐지 기분이 이상하네. 너는 어때?

엄마가 물었고 나는 짬뽕 국물을 들이컨 뒤 대답했다.

어떻긴 어때. 심란하지.

부모님은 재밌는 얘기라도 들은 듯 웃었다.

보일러가 힘차게 돌아가는 집은 외풍 없이 따뜻했다. 단열과 난방 공사는 잘 된 모양이다. 창밖 어둠 속으로 희끄무레하게 눈 쌓인 마당이 보였다.

집으로, 돌아왔다.

로즈마리의 숲
첫, 봄

눈, 히아신스의 예감

밤새 눈이 내렸다. 눈이 많은 겨울이었다. 흩날리는 눈, 금세 자취를 감추는 눈, 펑펑 내리는 눈, 이사 트럭 위에 쌓인 눈, 마당을 소복이 덮은 눈, 2월에 한겨울처럼 내리는 눈. 그리고 내 앞에는 풀지 못한 짐이 쌓여있다.

나는 무언가를 기다리는 사람 같다. 하얀 커튼을 잠든 고양이처럼 품에 안고 이 방 저 방으로 옮겨 다닌다. 나는 초조하게 기다린다. 가족의 전화, 지인의 안부 메시지, 아니, 그것도 아니다. 새로 주문한 커튼은 창보다 길거나 모자라 보인다. 이상하다. 집이 낯설다. 떠나 있던 시간이 길었던 탓인가. 짐 정리가 안 돼 어수선한 탓인가. 그러다 깨달았다. 이곳은 내가 알고 있는 집이 아니다. 부엌에서 풍겨오는 찌개 냄새, 아빠가 틀어놓은 라디오 소리, 창틈으로 불어오는 바람, 수국이 가득 핀 정원, 마룻바닥을 내딛는 발소리, 내 어린 자매들의 웃음소리. 그런 것들은 이제 없다. 낯선 고요에 잠긴 집에 익숙해지길 나는 기다린다.

이사한 집을 친숙한 공간으로 만드는 방법에 대한 글을 읽은 적 있다. 우선 전에 살던 집에 두었던 익숙한 물건들, 이를테면 그림이나 사진을 벽에 걸어보라고 했다. 액자가 들어있음 직한 상자를 열어본다. 액자 대신 엽서와 편지 꾸러미를 발견한다. 이국의 작은 상점에서 기념으로 산 수십 장의 엽서들, 때가 되면 습관처럼 산 크리스마스카드들, 오래전 도착한 편지는 조금 빛바랬고 여전히 부치지 못한 편지를 나는 차마 버리지 못한다. 편지와 엽서를 읽으며 짐 정리와 액자 찾기는 까맣게 잊은 채 멀리 있는 이들을 그리워하

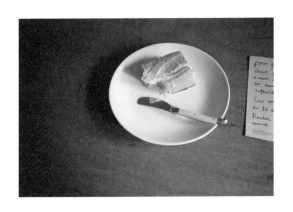

는 일로 오후를 보낸다.

다시 눈발이 날린다. 눈을 구경하기 위해 나는 큰 창 앞에 오랫동안 서 있다. 새끼 새의 솜털 같은 눈송이가 조용히 낙하하여 잿빛 땅은 점점 지워지고 줄기가 부드럽게 휜 동백나무는 하얀 베일을 뒤집어쓴다. 창을 살짝 열자 창백하게 푸른 공기가 집 안으로 흘러든다. 신선하고 청량하다. 멀리 눈 속을 달리는 아이들의 소리가 사라지고 텅 빈 정원은 새 한 마리 찾아오지 않는다. 꼼짝없이 갇혔구나. 나는 외딴 섬에 표류해 구조를 기다리는 사람이 되어 어지러이 널린 짐 사이를 간신히 헤치고 부엌으로 간다.

쉿쉿, 물 끓는 소리가 집 안을 채운다. 에스프레소 머신에서 갓 뽑아낸 뜨겁고 진한 문명의 맛을 목으로 넘기며 나는 히아신스를 사고 싶다고 생각한다. 집 안에 히아신스 향이 퍼지면 곧 봄이라는 뜻이다.

마당에 뭔가 나타났다. 고양이다.

마당의 기억

공기가 한결 부드러워졌다. 멀리 보이는 산에 유순한 연둣 빛이 번져 나간다. 마당의 홍매가 꽃을 피웠다. 나무를 심 어야 할 때다. 내 안의 정원가가 겨울잠에서 깨어나 기지개 를 켠다. 그로 말하면 한 번도 나무를 심어 본 적 없는 초 보 가드너다.

타인의 정원을 구경하기 좋아한다. 여왕의 정원과 공주가 묵 는 여름 별장의 안뜰, 튤립과 라벤더, 주목 나무와 문그로 우, 먼 곳을 바라보는 하얀 조각상과 순한 눈을 지닌 사슴과 무지개의 공작새, 예술을 사랑하던 왕자의 각별한 취미는 장 미 가꾸기였다. 소설가의 정원보다 화가의 정원이 화려하고 섬세하다고 느낀 건 선입견일지도 모른다. 건축가의 정원은 대체로 수수하고 집을 돋보이려고 존재하는 것 같았다. 서 늘한 석조 건물의 침침한 복도를 지나야 나오는 공동 정원 에 서 있던 은빛 올리브나무와 보라색 부겐빌레아가 이층집 을 온통 감싸고 있던 열대의 정원. 낮은 울타리 너머 데이지 와 수국, 히아신스와 찔레꽃, 로즈메리와 바질로 뒤덮인 소 박한 정원을 오래 바라보는 일을 사랑하였다.

섬에 있는 카페를 찾아갔다 갑자기 내린 소나기를 피하고 카페에서 나왔을 때 정원의 나무들은 일제히 싱싱한 초록을 뿜어내고 젖은 잔디 위에는 살구가 툭툭 떨어져 있었다. 소 풍 나온 가족과 태양 아래 어깨와 등을 드러낸 채 책을 읽거 나 오수에 빠진 사람들을 바라보는 공원의 정원도 있었다. 가장 인상적인 정원은 스톡홀름의 숲의 화장터, 공동묘지였 다. 무덤마다 망자를 추모하는 작은 정원이 꾸며져 있고 그런 정원이 무수히 많아 멀리서 보면 하나의 커다란 꽃다발 같았다. 그것은 어떤가 하면, 예측 불가한 아름다움이었고 누구에게나 찾아오는 죽음처럼 매우 자연스러워 보였다. 그런 정원들을 동경했다.

창밖으로 언 땅을 바라보며 봄을 기다리는 일은 조금 지루하고 조바심이 났다. 뜨거운 차와 커피를 거푸 마시며 나는 아직 지상에 없는 정원을 상상한다. 마당 가장자리 담 모퉁이에는 감나무가 한 그루 있다. 햇살을 받고 빛나는 주홍색 탐스러운 열매. 손 닿지 않는 나무 꼭대기에 덩그러니 남은 감은 한겨울 새들의 먹이가 될 것이다. 앵두나무도 한 그루 있어 봄이면 온통 하얀 꽃이 피고 이른 여름 붉은 열매가 가지가 휘도록 달린다. 어쩌면 손끝과 입술을 빨갛게 물들이는 열매를 맺는 보리수도 한 그루. 담장을 따라 응달진 곳에 가득 피어난 푸른 수국과 서리가 내리기 전까지 마당을 점령하는 소담한 국화. 부엌 창밖으로 라일락이 보이고 어느 날 밤, 어둠 속으로 얼굴을 내밀면 진하고 달차근한 향이 밀려든다. 그것은 꿈꾸는 정원이자, 내 유년 시절의 마당 풍경이었다. 어찌 된 일인지 마당에는 감나무도 앵두나무도 탐스럽던 수국도 사라지고 없다. 나의 가드닝은 기억을 복구하는 일이 될지도 모르겠다.

내가 기억하는 아빠는 늘 마당에 있는 모습이다. 꽃과 나무가 가득한 마당은 아빠의 자랑이었고 우리 자매에게는 애증의 대상이었다. 자매들이 독차지하고 마음껏 활개 치며 놀 수 있는 가장 좋은 놀이터였지만 나뭇가지라도 하나 상하게 하면 아빠로부터 불호령이 떨어지는 위험천만한 곳이었다. 아빠가 마당을 딸들보다 사랑하는 것을 우리 자매는 잘 알고 있었다. 아빠의 눈은 늘 마당에 있었고 살뜰히 돌보는 손길은 마당의 꽃과 나무에 머물렀다. 아빠가 마당에서 시간을 보낼 때면 우리는 집 안에서 엄마 뒤를 졸졸 쫓아다녔다. 제발 나가서 놀라고 엄마가 애원하고 종내에는 야단쳤지만 우리는 순순히 엄마 말에 따르지 않았다. 타인의 행복을 방해해서는 안 된다는 걸 우리는 알고 있었다. 마당의 아빠는 행복해 보였다.

아빠의 방관 아래 우리 다섯 자매는 아무리 뽑아도 또 돋아나는 마당의 잡초처럼 꿋꿋하게, 그리고 자유롭게 자랐다. 딸들은 때가 되자 모두 집을 떠났고 아빠에게는 마당이 남았다. 아빠는 평생 그렇게 살리라고 생각했다. 철마다 나무를 옮겨 심고 꽃을 가꾸고 마당을 애지중지하며. 하지만 예측은 대개 빗나가는 법이다. 어느 날 아빠는 마당을 떠났다. 지긋지긋하다고 했던 것 같다. 지긋지긋한 게 마당인지, 아니면 다른 어떤 것인지 잘 모르겠다. 아빠는 늘 알 수 없는 사람이었고 지금도 그렇다.

우리는 영영 알 수 없을 것이다. 간혹 짐작해 보지만 그 짐작의 시간은 그리 길지도, 깊지도 않다. 우리는 어떤 것에 관해서는 결코 이해할 수 없고 그런 것들로 이루어진 것이 아마도 삶이리라.

수십 년 동안 정원을 가꿔온 아빠의 말에 의하면 나무는 식목일 지나고 심어야 한다. 너무 이르면 꽃샘추위에 묘목이 얼 수 있기 때문이다. 좋은 묘목을 골라주겠다는 말에 아빠와 함께 시장을 찾았다.

불두화? 하나에 6천 원씩, 3월 달에 다 팔아 부렀지. 긍게 내년 봄에 와요잉?

상인은 웬 굼벵이가 이제 왔나 하는 얼굴로 목수국도 라일락도 다 나갔다고 했다. 수십 년 경력의 베테랑 정원가의 표정이 머쓱해졌다. 아빠는 정원 일에서 손 뗀 지 오래였고 그동안 기후는 과연 급변한 모양이다.

며칠 전 마침 허리를 삐끗했다는 아빠(일명 베테랑 가드너)가 마당에 자리를 잡고 앉아 말했다.

내가 지시를 할 테니까 너는 땅을 파.

안 쓰던 근육을 쓰니 아이고, 소리가 절로 나왔다. 태어나서 처음 해 보는 삽질이었다. 마당에 장미와 수국을 몇 그루 심었다.

사는 동안 쇼핑 목록에 포함되리라 단 한 번도 생각해 보지
못한 아이템을 구매했다. 마당에서 일할 때 신을 고무장화
한 켤레. 그것도 무려 시장에서. 꽃무늬 털신과 표범 무늬
고무 슬리퍼 사이에서 발견했다. 신발 가게 주인이 주말농
장 하나 봐요? 하고 물어서 네에, 하고 속으로 한참 웃었다.

초보 가드너가 터득한 것. 가드닝은 돈과 시간을 들이는 일이다. 정신이 고양되고 마음의 여유를 찾는 고상한 취미 생활과는 거리가 멀다. 가드닝의 근간은 육체노동이며 잡초와의 부단한 싸움이다. 이제 내가 할 일은 부지런히 마당에 물을 주고 기다리는 것. 나머지는 자연에 맡긴다.

여린 봄의 걸음에 설렌다. 설렘은 봄과 잘 어울리는 단어라
고 생각한다. 요즘 내 집은 약간 인상파 화가의 그림 같다.

채소의 마음

엄마가 상추는 언제 심냐고 자꾸 물었다. 심을 생각 없었는데 자꾸 물으니 심어 볼까 싶어졌다. 시장에 갔다. 상추 모종을 사니 고추도 좀 심고 오이도 심어야 할 것 같고 내가 좋아하는 가지도 심고 싶고, 어쩐지 욕심이 나서 토마토와 딸기 모종도 샀다. 이러면 거의 농사 아닙니까.

초등학생인 쌍둥이 조카들과 함께 모종을 심기로 했다. 현장 체험 학습인 셈이다. 손녀들이 가는 곳이라면 어디든 나타나는 할아버지(일명 베테랑 가드너)의 진두지휘로 조카들이 땅을 파기 시작했다. 조카들은 나와 달리 베테랑 가드너의 지시에 순순히 따른다. 땅도 파고, 심은 모종에 신나게 물을 주고, 개미들을 위한 워터파크도 만들고 나더니 오래된 집이라 틀림없이 귀신이 있을 거라며 이모를 위해 구마 의식을 해준단다. 구마 의식은 나뭇가지를 주워 들고 집을 한 바퀴 도는 것. (도대체 어디서 뭘 본 거지?) 덕분에 이모는 이제 무서울 게 없다.

아빠는 마당에 꽃을 가꿨지만, 채소를 심고 기르는 건 엄마 몫이었다. 한여름에 땀 뻘뻘 흘리며 풀을 뽑고 물을 주어 살뜰히 기른 채소가 밥상에 올랐다. 상추, 깻잎, 오이, 쑥갓, 고추, 가지, 호박과 토마토. 어느 해에는 실한 옥수수를 따고 작지만 단맛이 진한 참외를 수확하기도 했다. 엄마의 텃밭에서 난 것들을 먹고 우리 자매는 여름 채소처럼 쑥쑥 자랐다. 엄마는 채소를 좋아했지만, 못지않게 꽃도 좋아했다. 지금도 꽃을 선물하면 너무나 기뻐하고 딸들 생일에도 꽃 선물을 잊지 않는다. 엄마도 마당 한 편에 상추 대신 좋아하는 꽃을 심고 싶었을지도 모르겠다. 좋은 것은 양보하거나 포기하기, 그것이 엄마의 인생이었다.

어릴 적 우리 자매들의 하루는 아침을 먹는 것으로 시작됐다. 둥그런 밥상 위에는 갓 지은 밥과 새로 끓인 국이 올라있었다. 잠에 겨워 눈도 제대로 못 뜬 채 밥상에 앉으면 엄마는 내 뒤에 앉아 머리를 빗겨 주었다. 오늘은 양 갈래로 묶을래, 너무 높이 묶지 말고, 아니, 그건 너무 아래잖아, 파란색 구슬 달린 고무줄로 묶어줘. 나는 주문 많고 까칠한 어린이였다. 손으로 더듬어 머리가 잘 묶이는지 확인하면서 밥그릇을 비웠다.

다섯 딸을 먹이느라 엄마는 새벽부터 부엌에서 분주했다. 어린 것들을 먹이고 입히고 씻기고 재우느라 종일 종종거렸다. 표나지 않지만 하지 않으면 금세 표가 나는 일, 일상을 유지하는 책무가 고스란히 엄마에게 지워졌다. 일상을 유지한다는 게 얼마나 대단한 일인지 이제 나는 안다. 고단한 날들을 견디는 엄마를 어린 나는 모르는 척했다. 엄마니까, 엄마는 원래 그런 사람이라고 면죄부 삼았다. 엄마의 눈물과 한숨으로 지은 밥을 먹고 키가 크고 살이 붙은 우리는 다정한 품까지 달라고 했고 엄마는 기꺼이 내주었다. 순한 채소의 마음을 지닌 엄마는 오래된 나무처럼 단단했다.

집 안에 훈훈한 증기가 가득 차고 맛있는 냄새가 퍼지면 우리 자매는 부엌의 엄마에게 달려갔다. 엄마는 마법사였다. 마술사의 모자 속에서 하얀 토끼가 튀어나오듯 엄마가 냄비 뚜껑을 열면 그 안에 분명 멋지고 근사한 것이 들어있으리라고 우리는 믿어 의심치 않았다. 야생 고양이처럼 사나웠던 어린 딸들은 순하고 보드라운 것들을 먹고 더 용맹한 야생 고양이가 되었다.

부엌의 기억

영화를 보다 맥락과 상관없이 눈길이 가는 것들이 있다. 주인공 방의 벽지나 창에 걸린 커튼, 테이블 위의 꽃병, 주방 타일과 선반, 아침 식탁에 오른 그릇과 시리얼 상자. 무심히 놓여 있지만 치밀하게 계산됐음이 분명한 소품과 가구들. 그런 것에 눈이 팔려 종종 줄거리를 놓치기도 했다.

영화 <8월의 고래>에 나오는 부엌을 좋아했다. 조도와 채도가 낮은 공간에 스며든 나붓한 햇살에 문득 빛나는 아름다운 것들. 하얀 도기 그릇과 섬세한 크리스털 잔, 우아한 레이스 테이블보, 은은한 광택이 도는 실버 커트러리. 부엌 창 너머 장미와 야생화가 자연스럽게 뒤섞여 핀 마당. 마당 끝에는 절벽 아래 푸른 바다가 펼쳐진다. 그곳에 8월이면 고래가 온다.

내가 고래를 봤던가. 그런 건 무척이나 희미하다. 하지만 노년의 두 여성의 티타임에 등장하는 찻잔과 쟁반, 은수저는 또렷이 기억한다.

영화 <콜 미 바이 유어 네임>의 지중해풍 주방도 근사했다. 그 주방의 멋짐을 담당하는 8할은 남부 이탈리아의 뜨거운 여름 햇살과 청량한 바람이다. 영화 <호노카아 보이>의 비 할머니의 부엌도 좋았다. 예쁜 빈티지 법랑 냄비와 접시들, 빙글빙글 눈동자가 돌아가는 곰돌이 빙수기, 뒤져보면 뭐든 있을 것 같은 복닥복닥한 부엌.

여행에서 묵었던 숙소 중, 영화의 한 장면 같은 부엌들이 있었다. 저녁이면 토마토소스 냄새가 풍겨오는 거리의 2층, 푸른 타일의 부엌. 그곳에 머무는 동안 가장 중요한 일은 아침 산책길에 시장에 들러 아침거리를 사는 거였다. 부신 햇살 속에서 진한 커피를 내리고 바다를 보기 위해 창 앞에 서서 바게트를 뜯어 먹었다. 멀리서 바닷바람이 불어오고 맨발에 닿는 푸른 타일은 서늘했다.

침엽수의 숲이 펼쳐진 부엌 창가에서는 하얗게 쌓이는 눈을
종일 바라보았다. 빨간 털스웨터를 입은 강아지가 신나서 지
나간 길은 눈에 차츰 지워지고 그런 날이면 집집마다 시나
몬롤 굽는 달콤한 냄새가 풍겼다. 허브가 가득한 정원이 내
다보이는 실비아의 부엌은 레몬색 벽에, 레몬색 접시와 레
몬 무늬 테이블보, 계절마다 나는 과일로 만든 잼과 마멀레
이드를 담은 유리병에 햇살이 찰랑였다. 바닐라 맛 요거트
와 시나몬 시리얼을 매일 아침으로 먹었던 부엌 창밖으로는
사과나무가 보였고 나는 손을 내밀어 작은 사과를 땄다. 나
무 아래로 우아하게 산책하는 고양이를 방해하지 않으려 나
는 가만히 사과를 베어 물었고 시고 상큼한 즙이 주르르 흘
렀다. 호수와 숲으로 둘러싸인 여름 집에 묵을 때, 아침은
당연히 호숫가 야외 테이블에 차렸다. 그보다 더 완벽한 곳
을 찾을 수 없었다.

나는 부엌에서 막 잠에서 깨어난 고양이처럼 천천히 움직인
다. 차가운 물을 한 잔 마시고 다리가 긴 스툴에 걸터앉아 사
과를 통째로 베어먹는다. 냉장고 안에는 양배추 반 통과 양
파 하나, 달걀 세 개가 남아 있고 어떤 이는 이 재료로 열세
가지 정도의 요리를 만들 수도 있으리라.

누군가 내 부엌을 본다면 요리를 별로 하지 않는 사람의 부
엌이라고 생각할지도 모른다. 거의 정답이다. 나는 먹는 걸
좋아하지만 요리하기는 즐기지 않고 사람들을 집에 초대하
는 일은 드물고 식탁에서 종종 글을 쓴다. 오랜 여행에서 돌
아온 다음에는 식탁에 앉아 글을 쓰고 싶다. 먼 곳에서 사
온 차를 마시며 식탁에 풀어 놓은 이국의 기념품들, 엽서와
오르골과 섬세하게 장식된 은수저와 백단향의 초와 시트러
스의 향수병 위를 떠도는 그곳의 기억을 가만히 들여다보다
노트 위에 적는다. 깊은 밤 허기를 느끼면 구운 아몬드와 말
린 무화과를 먹고 새로 커피를 내린다. 막 끓인 커피 냄새
가 풍기는 부엌에서 나는 어디론가 떠나고 싶다고 생각한다.

마당에 심은 것들이 쑥쑥 자라난다. 오늘의 수확은 비둘기들로부터 간신히 지켜낸 딸기 두 알. 너무 예뻐서 한참 들여다봤다. 먹을 수 있는 걸 길러내긴 난생처음이다. 아까워서 어떻게 먹어, 와 어서 맛보고 싶은 마음이 잠시 실랑이한다. 승리하는 건 늘 후자다. 마당의 첫 수확물을 조심스레 맛본다. 구름을 먹은 기분이다. 입에 넣었나 싶은 순간 사라져 버렸다.

두 번째 수확은 상추. 자라는 속도에 비해 먹는 속도가 따라가지 못할 정도다. 이렇게 상추를 먹다간 상추 인간이 될지도 모른다는 이상한 상상을 하는 날들.

안전함의 거리

오랫동안 비어 있던 집의 주인은 따로 있었다. 그들은 땅속의 벌레들과 나무 위 새들, 그리고 영민한 눈을 지닌 고양이들. 어느 날 허락도 받지 않고 그들의 마당에 나타난 인간을 작은 생명체들은 땅속과 나무 위, 그리고 수풀 사이에서 숨죽여 지켜보았다. 호기심과 경계심을 가득 품은 아름다운 눈으로.

처음 고양이가 마당에 나타난 건 이사하고 며칠 뒤였다. 전체적으로 은회색이 도는 검은 줄무늬 고양이였다. 마당을 한번 둘러보고 총총 사라지는 고양이를 나는 커튼 사이로 숨어봤다. 공사하는 동안 동네 길고양이들에게 주고 남은 사료를 그릇에 담아 마당에 두었다. 다음날 보니 그릇은 깨끗이 비어 있었다.

예전에 동생들도 마당 한쪽에 고양이 밥을 두곤 했다. 먹는 모습은 보이지 않는데 늘 그릇은 말끔히 비어 있었다. 어떻게 생긴 고양이가 몇 마리나 드나드는지 알 수 없었다. 그들은 매우 조심스럽고 조용한 동물이었다. 그런데 어느 날 현관문 밖에 작은 선물이 놓여 있었다. 전혀 기대하지 않은 뜻밖의 선물에 놀란 동생들은 비명을 질렀고 신속하게 처리한 건 아빠였다. 소중한 선물에 고마워할 줄도 모르는 인간들이 괘씸했는지, 아니면 서운했는지 그 뒤로 선물은 다시 없었다. 그래도 밥은 계속 먹으러 왔다. 보은할 줄도 알고, 뒤끝도 없는 훌륭한 고양이들. 내 집에 찾아오는 고양이들은 그 다정하고 예의 바른 고양이들의 후손일지도 모른다.

줄무늬 고양이는 매일 마당에 왔다. 작은 몸집에 예쁜 얼굴, 하얀 양말이 몹시 매력적인 고양이는 경계가 심했다. 그래서 나는 하루 두 번 먹이를 놓을 뿐, 아는 척도 않고 다가가지도 않았다. 얼마 뒤에 연한 카레 색 고양이가 왔다. 머리가 크고 털이 북실북실한 게 틀림없이 수컷이었다. 밥을 먹고는 왜 그런지 몰라도 고래고래 소리를 지르면서 마당을 돌며 나무에 스프레이를 했다. 둘은 사이가 나쁘지 않은 것 같았다. 나란히 밥을 먹고 마당의 햇살을 나누어 쬔 뒤 훌쩍 떠났다. 얼마 뒤 줄무늬 고양이가 아기를 데려왔다. 딱 봐도 모녀다. 엄마처럼 얼굴이 작고 동글동글한데, 털이 노란빛이 돌고 검은 양말을 신었다. 아주 아기는 아니고 오륙 개월쯤 되어 보였다. 독립할 시기인데 함께 다녔다. 독립시켰는데 아기가 따라다니는 것 같기도 했다. 엄마는 기다렸다 새끼가 먹고 남긴 걸 먹곤 했는데, 언젠가부터 밥그릇에 머리를 들이미는 아기에게 사정없이 펀치를 날리기 시작했다. 좀 너무하네, 싶었지만 아기는 다행히 제 몫을 잘 찾아 먹고 쑥쑥 컸다. 그러다 모녀가 따로 오기 시작했다. 어미는 혼자서도 차분하게 먹고 갔는데 아기는 혼자 오면 한참 주위를 두리번거렸다. 엄마를 기다리는 것 같았다. 아기는 혼자 먹는 데 익숙해지고 마당에 머무는 시간이 길어졌다.

몹시 겁이 많아 밤에만 오는 건 삼색 고양이였다. 그래서 늦은 밤이나 자기 전에 밥그릇을 채워 두었다. 자려고 불을 끄고 누웠는데 바깥 인식 등이 반짝 켜지면 아, 삼색이가 왔구나, 했다. 어쩐지 안도감이 들었다. 그날의 일과가 비로소 끝난 기분이었다.

나는 고양이들과 필요 이상으로 친밀해지지 않기로 했다. 보이면 밥을 주고, 잘 먹고 노는 모습을 멀찍이서 바라보고 싶었다. 사람 손탄 고양이는 해코지를 당할 위험이 있기 때문이다.

동물에게는 각자 고유한 안전거리가 있다고 책에서 읽은 적 있다. 그 거리를 침범할 때, 동물은 공격하거나 달아난다. 인간에게도 저마다 안전거리가 있다. 처음 만나자마자 호형호제하는 사람과 몇 년을 알고 지내도 속내를 비치지 않는 사람의 안전거리는 다를 것이다. 하루 두 번 마당에 밥을 두고 가까이 가거나 만지려 들지 않는 것으로 나는 이 영민하고 우아한 동물의 안전거리를 존중했다. 이름도 짓지 않았다. 고등어, 아기, 노랭이, 삼색이, 마음속으로만 생각했다. 내 경계심과 불안 때문이었다. 나는 마당의 고양이들을 너무 사랑하게 될까 봐 두려웠다.

그러나 밤사이 내린 비에 마당 가득 살구가 툭툭 떨어진 아침, 나는 아기에게 살구라는 이름을 지어주었다. 아기는 살구나무 아래에서 노랗고 동그란 과일을 굴리며 놀고 있었다. 나를 보더니 살구가 왜애앵, 하며 달려왔다. 작고 부드럽고 노랗고 따스한 것을 나는 가만히 쓰다듬었다. 그렇게 나의 안전거리는 무너졌다.

살구의 엄마는 여름이라고 이름 지었다. 여름과 살구. 내친김에 삼색이도 이름 지어주기로 했다. 예쁜이. 워낙 예쁘게 생겨서 다른 이름은 생각나지 않았다(이름에 대한 불만은 받아들이지 않겠다).

노랭이는 노랭이다.

다정한 언어

내 마당의 고양이들은 대체로 과묵해서 여간해서는 입을 열
지 않지만 유독 수다스러운 고양이가 있다(고양이의 프라이
버시를 존중하기 위해 이름은 밝히지 않겠지만 작고 노랗고
공놀이를 좋아하는 애다).
냥냥, 냑냑, 냐아, 우에엥, 우와앙, 우웽우웽, 우이끼끼, 왁!
고양이의 언어란 얼마나 다채롭고 생동감 넘치는지 비로소
알게 되었다.
고양이와의 대화에는 많은 장점이 있다. 대화의 주도권은 고
양이가 쥐고 있으므로 내가 나서서 얼음 깨기를 할 필요 없
다. 굳이 맞장구치거나 적절한 응대를 하기 위해 고심하지
않아도 된다(해주면 좋아하는 것 같긴 하다). 말주변이 없
거나 유머 감각이 모자라도 너그러이 이해해준다. 그리고
다시 말하지만 그들은 대체로 과묵하고 비밀스러운 존재이
므로 내가 한 말을 옮기거나 소문내지 않는다. 뒤에서 흉보
는 일도 없다.

장담은 못 한다. 고양이의 세계에 저 마당 넓은 어수선한 집
에 호구가 살아, 하는 소문이 퍼진 것 같다. 딱히 나쁜 소문
은 아닌 듯해서 다행이지만.

무엇보다 이 우아하면서도 귀여운 존재들은 말로 내게 상처
주는 일이 전혀 없다.

밥시간이야, 간식을 잊은 건 아니지? 심심해, 같이 놀자.

고양이가 건네는 말은 상냥하다. 고양이와 이야기하는 동안
그래서 나도 조금은 다정한 사람이 된 기분이 든다.

꽃의 철학

낯을 가린달까, 주변머리가 없달까. 낯선 사람하고 쉽게 이야기하는 편이 아니다. 몇 번 간 가게나 식당의 주인이 아는 척하며 친절하게 대하면 어쩐지 잘 가게 되질 않는다. 좀 꼬인 성격일지도 모른다.

요즘 내가 제일 대화를 많이 나누는 상대는 마당의 고양이, 다음으로 대화의 지분을 차지하는 이는 시장 단골 꽃집 사장님이다(단골이라는 건 내 생각이고 사장님 입장에서는 많은 손님 중 하나일 뿐이다). 웬일인지 나는 꽃집에서 굉장히 대화에 적극적인 사람이 된다. 우선 꽃 이름을 묻는 것으로 대화를 시작한다(좋아, 자연스러웠어). 사장님은 투박하지만 딱 좋을 정도로 친절하고 꽃에 해박하며 말씀마다 주옥같아 다 받아 적고 싶다. 이를테면.

과습이 항상 문제지. 과해도 안 되지만 부족해도 안 되고, 딱 적당히이잉~?

그 적당이 어렵지만 나는 알겠다는 듯 연방 고개를 끄덕인다. 한번은 꽃집 바깥 구석에 놓인 하얗고 여리여리한, 꽃이라고 부르기엔 너무 비실비실한 식물의 이름을 물었더니 로단테, 종이꽃이라고 했다. 꽃잎이 꼭 종이 같다고 해서 살짝 만져보니 정말 바스락거린다. 그즈음 나는 마당에 심을 식물들에 조금 미쳐 있어서 밖에 심을 수 있는가가 구매의 기준이었는데, 물었더니 안된다는 단호한 대답이 돌아왔다. 더위에 약해 밖에 심으면 여름에 말라 죽는단다. 로단테는 안 되겠구나, 내심 생각하면서도 예뻐서 눈을 떼지 못하는 내게 사장님이 말한다.

죽어도 씨가 떨어져서 내년 봄에 또 난게 어떻게 보면 다년
생이라고 할 수도 있지. 근디 다년생 노지 식물만 골라 심으
면 마당이 단조로워. 이것저것 심어야 풍성해지지.

그날 양손 무겁게 사 온 식물들에는 로단테도 있었다. 마당
에 심기엔 너무 연약해 보여 일단은 집 안에 두었다. 꽃집
사장님 말에 따르면 식물은 들여다보는 만큼 자란다고 했다.
물과 빛과 바람. 적절한 환경을 만들어주는 것, 그것은 애정
과 관심의 다른 말이리라.

초보 가드너의 귀에는 꽃집 사장님 말이 어쩐지 꽃 아닌 다
른 것에 관한 이야기로 들린다. 이를테면 인생 같은 것.

하얀 달 아래 피어난 작약은 비 온 뒤 숲과 젖은 흙, 이끼와
응달과 빗방울과 안개와 달콤한 벌꿀과 희미한 사향과 초원
위를 건너온 부드러운 바람과 빛의 냄새. 무심코 고개를 돌
리면 꿈결처럼 피어난 어렴풋한 꽃송이들.

긴 산책

숲에서는 계절이 바뀌는 것을 온 감각으로 느낄 수 있다. 공기가 말랑말랑하고 어쩐지 좋은 냄새가 나는 것 같아 자꾸 크게 숨을 들이쉬게 된다. 여린 연둣빛이 담담하게 번지는 숲속을, 먼 곳에 눈을 두고 걷는다. 나뭇잎 위에 닿은 볕은 바랜 듯 부옇게 부시고 하얀 고양이는 어딜 가는지 자꾸 길 없는 산을 오른다. 꽃이 필 때가 되었는데, 하고 두리번거린다. 산속의 벚꽃은 개화가 늦다.

일주일에 한 번 산책한다. 산책이란 목적 없이 걷는 데 집중하는 행위라는 점에서 내 경우, 외출이라 하는 편이 적절할 듯싶다. 걷는 목적이 뚜렷하기 때문이다. 책 반납과 대출, 고로 목적지는 도서관이다.

도서관은 산자락에 있어 필연적으로 약간의 등산을 해야만 한다. 도서관에 닿는 길은 여러 개다. 빠르지만 숨을 헉헉대며 올라야 하는 조붓한 나무 계단이 이어진 길, 주택가 사이로 난 완만한 포장도로(그래도 마지막에는 좀 숨이 찬다), 산을 끼고 숲 사이로 에둘러 오르는 흙과 이끼와 낙엽으로 덮인 축축하고 부드럽고 신선한 길. 날이 화창한 날에는 고민 없이 숲으로 향한다.

어느 날 돌연 온 산이 파스텔색으로 물들고 숲은 수런거리는 빛으로 가득 찬다. 비가 그친 뒤 산을 휘감아 불어온 바람은 달콤한 아카시아 향을 가득 품고 있다. 아카시아꽃이 지고 나면 밤꽃이 산을 타고 안개처럼 피어오른다. 녹음이 짙어지고 숲은 더욱 깊어진다. 책 빌리러 가는 길이 이렇게 호사스러워도 될까. 책과 숲이라니 이 얼마나 우아한 조합인가. 남몰래 감탄하고 만다. 숲길을 걸으며 내게도 강아지가 있으면 좋겠다고 생각한다. 함께 산책하며 강아지를 핑계로 껑충껑충 뛰어보고 싶다. 팔을 높이 들고 빙빙 돌면서. 지나가는 사람들이 수상쩍게 쳐다보면 나는 이렇게 대답할 것이다. 춤을 추는 게 아니라 흥이 많은 강아지와 함께 산책하는 거랍니다.

도서관은 지은 지 오래되어 약간 쇠락한 느낌이다. 오가는 사람이 드물고 조용하다. 예전에는 꽤 북적였다. 오래전 내가 학생이었을 때 시험 기간에 공부하러 오곤 했다. 공부하다 지루하면 자료실의 책을 잠시 구경했다. 읽고 싶은 책이 어마어마하게 많아서 무서웠다. 그중 한 권을 손에 잡으면 놓지 못할 것을 나는 알았다. 시험 끝나고 나중에, 라고 힘겹게 자료실 문을 밀고 혹 누가 뒷덜미를 잡아채기라도 하듯 필사적으로 탈출했다. 시험이 끝나고 도서관에 책을 읽으러 간 적은 없다. 나중으로 미룬 독서가 몇십 년이 흐른 뒤 실행에 옮겨질 것을, 그때의 나는 상상도 못 했다.

책을 빌린 뒤에는 도서관 뒷길로 난 나무 계단을 오른다. 계단은 그대로 산으로 이어진다. 산은 완산칠봉이라고 불린다. 큰 산은 아니다. 적당한 보폭으로 산책 삼아 할랑하게 오르기 좋다. 그래도 제법 유명한 곳이다. 봄이면 관광객들이 부러 찾아온다. 거대한 철쭉 군락 위로 겹벚꽃이 흐드러지게 피어 장관을 이루기 때문이다.

멀리 산봉우리가 연한 연지색으로 물들면 바야흐로 때가 된 것이다.

봄이면 완산칠봉에 올라 올해도 꽃이 좋네, 작년보다 색이 더 곱네, 하며 꽃구경하고 꽃 사진 찍고 꽃 사이에서 가족사진도 찍고 근처 남부시장에 가서 콩국수 한 그릇 먹는 게 우리 가족의 연례행사였다. 다섯 자매가 집을 떠나고 각자 제 일이 있으므로 이제는 모두 모이기 쉽지 않다. 휴대폰으로 찍은 꽃 사진을 자매들에게 보낸다. 나도 가고 싶다, 라는 답이 도착한다. 다음에는 다 함께 오자. 꽃그늘 속에서 우리는 그리움과 아쉬움을 나눈다.

철쭉 군락의 그늘은 더 짙어졌고 겹벚꽃 나무는 더 크고 풍성해졌다.

때때로 나는 일부러 산속에서 길을 잃곤 한다. 길을 벗어나 자꾸만 깊고 깊은 숲속으로 가고 싶다. 그렇게 되면 산책이라 불러도 좋을 것이다.

천변 산책로를 한 시간 정도 걸었다. 느리게 흐르는 물과 무
성한 수풀은 몇 년 전 교토에서 묵었던 숙소 근처, 가모가와
강을 떠올리게 했다. 초여름 색이 좋다.

가만히 스미는 여름 기척.

복숭아의 잠
백일몽의 여름

로즈메리와 라벤더의 숲, 시든 데이지 사이로 하루에도 몇
차례 색을 바꾸는 먼바다를 닮은 수국이 피어난다. 네가 좋
아하는 꽃이잖아, 라며 엄마가 사준 치자나무를 마당에 심었
고 작은 나무는 진한 바닐라 향의 꽃을 피웠다. 포르타토의
피아노 연주처럼 쏟아지는 선명하게 부드러운 여름빛. 나는
뜨겁고 둥근 태양 몇 개를 마당에서 줍고 고양이들은 여름
햇살 속으로 거침없이 내달린다.

맨발에 닿는 마루가 서늘하고 창밖으로 흐드러지게 붉은 꽃
을 피운 석류나무. 올가을에는 석류가 많이 열리려나. 창을
열자 축축하고 부드러운 공기가 밀려든다.

라일락의 창

초여름 밤 수국 냄새, 나방의 날갯짓, 어린 고양이의 잠, 멀리 온 산을 하얗게 뒤덮은 꽃의 달짝지근한 향내. 깊은 밤 휘이잉 휘이잉 바람 소리로 고독하게 우는 호랑쥐빠귀는 모습을 드러내지 않는다. 밤에만 울어 밤새라고, 귀신을 부른다 해서 귀신새라고도 한다고 가르쳐준 이는 외딴곳에서 자두나무를 기른다. 나는 읽던 책을 덮고 여름 침실에 눕는다. 어둠 속에서 서른일곱 번의 밤새 울음소리를 들었다고 생각하지만 실은 스물일곱 번이었을지도 모른다.

커튼 사이로 부연 햇살이 스며들고 간밤의 꿈은 창을 열면 바다가 보이는 방에서 잤고 파도가 손 내밀면 잡힐 듯 가까이 있어 어쩌면 나는 배 위에서 잤는지도 모른다.

커튼을 젖히자 창밖으로 아침 햇살 속, 어린나무 한 그루가 서 있다.

수잔 새런든이 변호사로 나오는 영화 <의뢰인>에 이런 장면이 나온다. 변호를 의뢰한 어린 소년의 집에 수잔 새런든이 찾아간다. 소년과 엄마는 트레일러에 살고 있는데 비좁은 공간에 널린 살림이 궁색한 형편을 고스란히 보여 준다. 결혼을 일찍 하셨나 봐요.

수잔 새런든의 말에 아이의 엄마가 대답한다.

정말 어렸죠. 내가 꿈꾼 건 커다란 옷장이 있는 집이었어요. 내가 꿈꾼 건 침대에 누워 나무가 보이는 창이었다. 달빛이 조요한 깊은 밤, 나무들의 그림자가 긴 잠처럼 스며드는 침실. 그 꿈을 이루기 위해서는 대대적인 공사가 필요했다. 벽을 허물고 수도와 배관을 옮겨 다시 벽을 쌓아 방을 만든다.

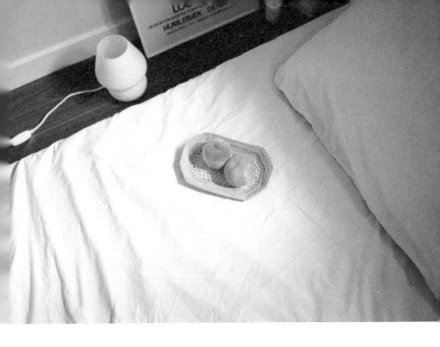

그 결과 마당이 보이는 부엌 대신 마당이 보이는 침실을 갖게 된다. 어느 쪽이 나을까.

합리적인 판단을 하는 데 서투른 자의 저울은 마음이 향하는 쪽으로 기울기 마련이다. 벽을 허물고라도. 그러나 고민은 단번에 해결됐다. 방과 거실 사이의 벽이 내력벽이라 철거할 수 없었다. 나무가 내다보이는 침실의 꿈은 물거품이 됐다. 영화 <의뢰인>의 젊은 엄마는 이런저런 고초 끝에 결국 큰 옷장이 딸린 집을 갖게 된다. 그러니까 해피 엔딩. 물론 현실은 영화와 다르다는 걸 잘 알고 있다. 하지만 나무가 보이는 침실 창을, 나는 포기하지 않았다. 여름 침실 창밖으로, 나는 봄에 라일락 한 그루를 심었다.

어느 여름밤, 어둠 속에서 풍겨오는 희미한 수밀도의 향. 침대에 누워 커튼을 젖히면 창밖으로 보이는 연한 보라색 꽃.

자매들의 방

지어진 지 50년 넘은 집은 방 두 칸에 조붓한 마루와 협소한 부엌이 딸린 지붕이 나지막한 붉은 벽돌집이었다. 이 집에서 넷째와 막내가 태어나고 자매들이 자라나며 공간이 더 필요해졌고 수리를 거쳐 방 세 개에 널찍한 마루가 부엌과 이어진 구조가 되었다. 하지만 방은 세 개고 자매는 다섯이니 여전히 방은 부족했다. 우리는 물리적 공간도 필요했지만 정신적 공간 역시 간절했다. 사이좋은 자매라 하더라도 종일 붙어 있고 싶지는 않은 법이다.

나는 큰딸이라는 특권을 누려 방 하나를 차지했다. 내 방은 작은 침입자들에게 침범당하기 일쑤였다. 학교 갔다 돌아와 발견한 위치가 바뀐 책상 위 물건들, 누군가 열심히 탐색한 책상 서랍, 속닥거리고 키득거린 흔적들. 나는 무서운 얼굴로 작은 침입자들에게 출입 금지를 선포했지만 헛수고였다. 내게 언니의 방이라는 게 있었다면 나 역시 열심히 탐방했으리라. 그 안에 든 것이 아무것도 아니더라도, 딱히 신통한 것도 없음을 잘 알면서도. 타인의 방이란, 게다가 출입 금지

인 방이란 얼마나 흥미진진한가. 호기심과 약간의 죄의식과 긴장감, 통쾌한 복수가 뒤섞인, 그 은밀한 즐거움을 내 어린 자매들은 잘 알고 있었다.

내 자매들 누구도 오롯한 자신만의 방을 가져보지 못했다. 사탕과 쿠키, 인형과 새 구두, 동화책과 엄마의 포옹. 어린 아이들의 욕망에 더해, 우리 자매가 열렬히 갈망한 건 바로 '나만의 방'이었다.

언젠가 4번 동생(나는 1번이다)의 입사 지원 자소서를 우연히 읽은 적 있다. '오랫동안 내 책상을 갖는 것이 소원이었다.'라는 문장으로 시작되는 글은 자소서라기보다는 한 편의 아름다운 소설 같았다. 담담하고 산뜻하여 읽다 보면 어쩐지 입가에 슬며시 웃음 짓게 되는 글이었지만, 자소서를 이렇게 써도 되는 걸까 싶었던 자소서로 동생은 잡지사에 입사했고 사무실에 제 책상 하나를 갖게 되었다. 본 적 없는 동생의 책상을 나는 종종 그려 보았다. 그곳은 아마도 오랫동안 꿈꿔오던 자신만의 무질서하고 복잡하지만 신비롭게 아름다운 우주였을 것이다.

시간이 흐르고 자매들은 제 방과 자기만의 책상을 갖게 되었다. 하나둘 자매들이 이 집을 떠난 뒤의 일이었다.

빈집에서도 나무는 부지런히 자라고 사과는 익고 있었다.
푸릇한 사과를 한 입 베어 물자 아삭 소리가 나고 새콤한 즙
이 퍼진다.

백일몽

우리는, 그러니까 4번(현재 출판사 '해변에서 랄랄라' 대표님)과 나는 부모님이 떠난 뒤 비어 있는 집을 두고 여러 가지 그림을 그려왔다. 계획이라고 하기에는 모호하고 꿈치고는 소박한, 여름 오후에 차가운 맥주를 한 잔 마시고 조금 알딸딸하면서 약간 붕 뜬 기분으로, 나중에 떠올려 보면 무슨 이야기를 했는지 잘 기억나지도 않지만 어쩐지 굉장히 재미있었던 것 같은, 눈 뜨고 꾸는 꿈같은 이야기였다. 너, 그때 그런 말 했지, 하면 아, 내가 그랬나, 하며 끝도 없이 말하며 자꾸 웃었던 그 이야기들 속에.

우선 이 집을 게스트하우스로 꾸미면 어떨까 하는 이야기가 있었다. 한옥 마을과 멀지 않으니 접근성도 괜찮고 바다나 숲 전망은 없지만 초록 우거진 마당 전망에 하룻밤 편히 쉴 수 있는 숙소라면 열광적인 호응은 없어도 좋아해 줄 이가 두 명 정도, 많으면 세 명 정도는 되지 않을까 하는 대책 없는 기대였다. 손님이 없을 때는 우리 자매가 묵어도 좋으리라 생각했다. 마치 훌쩍 여행하듯.

손님 없으면 어때. 예쁘게 고쳐서 우리가 살면 되지.

우리는 실실 웃으며 말했다. 연거푸 마신 맥주 덕에 자매는 다소 낙관적이고 담대해졌다.

카페로 꾸미면 어떨까 하는 궁리도 했다. 마당이 보이는 큰 창가에 놓인 푹신한 소파, 복도 깊숙이 스민 말간 햇살, 모슬린 커튼, 떠도는 커피 향, 막 구운 마들렌과 레몬 케이크 냄새, 노란 고양이와 리시안셔스, 나직한 음악 소리가 흐르고 꽃과 신선한 풀 냄새가 넘나드는, 그것은 우리가 무척 좋아했으나 지금은 사라지고 없는 곳을 조금 닮은 카페. 푸른 수국이 가득 피는 계절에는 마당에 테이블을 내놓고 차를 대접하는 것도 좋겠다. 카페의 이름은 '수국 찻집'. 그보다 더 어울리는 이름은 떠오르지 않았다.

마당에 초록색이 희미해지고 겨울의 기척이 느껴지면 미련 없이 카페를 닫고 일 년 내내 여름이 지속되는 열대의 도시, 혹은 겨울과 밤이 깊어 신비로운 밤하늘에 오로라가 피어나는 먼 나라로 긴 여행을 떠났다가 봄이 오면 돌아와 다시 카페 문을 여는 거다.

잘 안 되면 어때. 예쁘게 고쳐서 살면 되지.

동생과 둘이 출판사를 시작하면서 다시 그림은 바뀌었다. 집을 작은 책방으로 만들고 싶었다. 우리 출판사에서 만든 책과 우리가 좋아하는 책들로 책장을 채우고 한쪽에 커피를 마시며 책 읽는 공간을 두고 라일락이 피는 밤이면 작은 낭독회를 열어 책 읽는 취향이 비슷하고 말수는 적고 조금 수줍어하는 사람들과 함께 둘러앉아 차를 마시며 좋아하는 책에 관해 두런두런 이야기를 나누고 함께 글을 쓰고 싶었다. 물론 책방 이름은 '수국 책방'이다.

수국이 피지 않는 계절에는 책을 쓰고, 책 한 권을 만들고 나면 홀가분하게 여행을 떠났다 돌아온다. 다시 문을 연 책방에 들른 손님들과 안부를 나누고 여행은 어땠냐고 묻는 손님에게 먼 나라의 벼룩시장에서 산 그림엽서를 선물로 건네고 싶다.

그런 꿈같은 꿈, 그러니까 우리는 백일몽을 꾸었다.

그리고 그 꿈들의 마지막은 이 집에서 살아보는 것이었다.

작가의 방

낮에 쓴 글은 볕 냄새가 나고 밤에 쓴 글은 쓸쓸함이 배어난다. 낮은 상상하기 좋은 시간이고 어둠은 몽상하기 적당하다. 낮에는 소설을 쓰고 밤에는 책을 읽었다. 그 반대였던 적도 있었다. 새벽의 글은 성실과 근면함으로 쓸 것이다. 내게는 좀처럼 없는 일이다. 밤을 사랑하는 사람에게 새벽은 잠자리에 드는 시간이다. 낮부터 쓰기 시작해 밤을 지새우고 새벽까지 써본 적은 있다. 아마도 절박한 글이었을 것이다. 태양이 뜨거운 여름의 한낮, 미처 따지 못한 사과가 바람에 툭 떨어지는 오후, 무성한 로즈메리의 숲, 빛나는 장미의 시절, 나는 마당에서 로즈메리 가지를 꺾어 서둘러 집 안으로 피신한다. 더위는 더는 따라 들어오지 못하고 나는 안전하다. 집 안은 단숨에 신선한 향으로 가득 차고 나는 자꾸만 손가락에 코를 대보고 싶다. 로즈메리 향이 밴 손가락으로 넘기며 읽은 책에서는 여름 숲 냄새가 난다.

그러니까 나는 작가의 방을 갖고 싶었다.

앨리스 먼로의 단편 속 주인공이 꿈꾸던 아무에게도 침범당하지 않는 오롯한 공간, 그 자체가 카오스이자 코스모스인 보르헤스의 서재와 등나무 의자와 타자기가 놓인 수전 손택의 근사한 집필실처럼. 토리 모리슨은 푹신한 소파가 집필 공간이었으며, 그 이름을 들으면 자연스레 마들렌이 떠오르는 마르셀 프루스트를 비롯해 이디스 워튼과 제임스 조이스는 침대에서 글을 썼다. 사진과 오브제들로 가득 채워진 존 어빙의 작업실, 집필을 시작하는 존 치버의 책상에는 술잔과 담배 두 갑이 놓여 있고 헤밍웨이는 매일 글쓰기 전에 스무 자루의 연필을 깎았다. 스티븐 킹이 글을 쓰는 동안 책상 위에는 고양이가, 의자 아래에는 그의 반려견이 충직하게 앉아 그를 지옥에서 올라온 악령으로부터 지켜준다. 고서와 오래된 그릇과 중국 황실의 가구, 온갖 잡동사니에 둘러싸여 글을 쓰는 에이미 탄은 그의 반려견 조가 이제 그만 쓰고 산책하자고 짖으면 주저 없이 책상을 떠난다.

그러니까 내가 갖고 싶은 방은 벽면이 온통 책으로 뒤덮여 있는 책의 카오스(하지만 나는 어떤 책이 어디에 있는지 꿰뚫고 있는) 속에 무뚝뚝한 책상이 하나 있고, 좋아하는 그림과 여행지에서 수집한 기념품들이 책 사이에 우연인 듯 슬쩍 놓인, 어딘지 조금 이상하고 괴팍해 보이지만 위트 있는 공간이다. 창 너머로 이따금 부는 바람에 초록 잎이 일렁이고 새 소리가 들려오는 적요한 곳이다. 무엇보다 갖고 싶은 방은, 그 안에 앉으면 영감이 샘솟고 글이 술술 써지는 방이다. 만약 그런 곳이 지상에 존재할 수 있다면.

서재의 문을 닫고 그 안에 들어서면 나는 깊은 바닷속으로

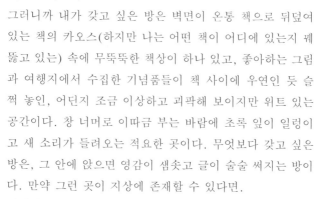

침수하는 기분이다. 냉정한 온도와 급격한 수압이 나를 짓눌러 숨이 턱 막히고 공포가 온몸을 덮쳐온다. 그러나 두려움을 극복하고 부력에 몸을 맡겨 둥실 떠오르는 순간, 나는 세상 어디에도 없는 기쁨과 자유로움을 얻는다. 국경을 넘나들고 시간을 거스르며 한 번도 만난 적 없는 그리운 이와 조우한다. 눈부시게 밝은 한낮의 빛 속에서도 심해처럼 차갑고 무서운 상상을 했고 막막한 어둠 속에서 다정한 빛을 보았다. 바다 꿈을 꾸고 싶다. 달빛, 부드럽게 밀려오는 파도, 은빛 부서진 수면, 꿈속에서 나는 푸른 바닷속을 유영하고 깊은 바다 밑바닥 어디선가 인어의 노래를 들었다고 생각한다.

해변에서 랄랄라

초여름 어느 날, 4번 동생과 나는 아직 해는 환하고 창으로 여름 냄새가 나는 바람이 불어오는 이른 저녁에 집에서 함께 맥주를 마시다가, 원래 맥주를 마시려던 건 아니고 뭔가 맛있는 음식을 먹다가 맛난 음식에는 맥주지, 하고 따르자마자 유리잔에 물방울이 생기는 차가운 맥주를 마시며 이런저런 이야기, 그러니까 아무것도 아니지만 아무것도 아닌 이야기들 때문에 계속 실실 웃으며 우리는 조금은 취했고 취한 와중에 출판사 이름은 '해변에서 랄랄라'로 하자고 결정했다. 그때 우리는 제주도의 바닷가를 떠올리며 그곳에서 살던 작은 집을 얘기했다. 창을 열면 초록 귤밭 너머 나지막한 지붕 사이로 멀리 바다가 보이고 봄이면 향수를 부은 듯 어둠 속에서 하얀 귤꽃 향이 풍겨 어쩐지 잠들지 못하고 밤새 파도치는 소리를 들었다고 생각한 새벽, 하얀 안개와 커피 한 잔을 아침으로 먹고 아무도 아는 사람 없는 곳에 가서 살고 싶다고 생각했다. 나는 그곳에서 2년 넘게 살았고 모든 계절을 동생과 함께 보냈다.

청포도와 치즈, 프로슈트와 즙이 흐르는 멜론, 이국의 향신료와 라임 향의 맥주. 길고 투명한 유리잔에는 부드러운 거품이 남아 있고 우리는 조금 알딸딸해져서 창밖을 내다봤다. 어느새 밤이 내렸고 어둠 속에 건물과 멀리 달리는 자동차들의 불빛이 꼭 밤바다 위에 떠 있는 불 밝힌 고깃배들 같았다. 창밖을 바라보는 동생의 뺨은 조금 달아올라 눈은 먼 곳을 보는 것처럼 멍하고 입꼬리는 살짝 올라가 있어서 꿈을 말할 때의 표정과 취한 얼굴이 닮았다는 걸, 나는 알았다.

우리는 오랫동안 출판사를 차리면 어떨까 생각하고 있었다. 거창한 계획은 아니었다. 빵을 좋아하는 사람이 결국 입맛에 맞는 빵을 굽기 위해 집에 오븐을 들여놓을 확률이 대단히 높은 것처럼, 우리는 책을 좋아하고 글을 쓰고 있으니 우리의 글에 잘 맞는 집을 지어주고 싶었다. 창밖으로 귤밭 너머 멀리 바다가 보이는 집처럼, 우리가 좋아하는 책을 만들고 싶었다. 하지만 정말 할 수 있으리라곤 생각하지 못했다. 꿈이라는 건 그런 거니까.

이루지 못해 자꾸 이야기하고, 그러다 보면 영영 못 이루는 게 아닐까 싶었다. 그러나 잊거나 잃지 않고 자꾸자꾸 꿈꾸다 보면 적어도 그쪽을 향해 조금씩 조금씩 가까워지는 게 아닐까. 꿈이라는 건 어쩌면 그런 건지도 모른다.

그날 이후 동생과 나는 함께 여행하고 글을 쓰고 책을 만들고 있다. 우리가 좋아하는 책을 만들고 우리가 좋아하는 책을 좋아해 주는, 어딘가의 독자들에게 가 닿았으면 하는 바람으로.

우리가 꿈을 말할 때와 비슷한 표정과 마음으로.

복불복의 토마토

좀처럼 익을 기미 없던 토마토가 하나둘 붉은색을 띠기 시작한다. 영화 <리틀 포레스트>에서 토마토는 비에 약해서 복불복이라는 대사가 나온다. 심상하게 넘겼던 대사가 초보 농사꾼에게는 의미심장하게 다가온다. 올해는 비가 많기도 했지만 초보 농사꾼의 실수가 컸다. 모종을 너무 바특하게 붙여 심어 토마토 줄기가 서로 얽혀 열매에 햇빛이 잘 닿지 않은 것. 게다가 지지대를 튼튼하게 세우지 않은 탓에 익기 전에 땅에 닿아 썩은 게 많다. 그리고 토마토 줄기가 재크의 콩나무처럼 쑥쑥 자라 하늘을 찌르고 숲을 이루게 된다는 말은 왜 아무도 해주지 않은 겁니까?

그러니까 올해 토마토 농사는 불복.

실패치고 수확량이 나쁘진 않다. 매일 따먹어도 또 다음날 익은 토마토가 보인다. 따자마자 쓱쓱 문질러 입에 넣는다. 달다.

샐러드와 파스타를 여느 때보다 많이 만드는 여름이다. 토마토에 소금 약간, 올리브오일과 후추 듬뿍. 치즈와 루꼴라가 있으면 샐러드, 파스타 면이 있으면 파스타다. 단순하지만 신선하고 풍성하다. 나는 원래 토마토 안 좋아하는 사람이라는 걸 잊고 토마토를 부지런히 먹는다.

닭장에서 달걀 찾듯, 매일 아침 마당에서 토마토 하나.
역시 토마토는 차갑게 식혔다가 설탕 뿌려 먹는 게 최고라
고 생각한다. 마지막에는 물론 국물을 시원하게 쭈욱 들이
켜야지.

어느 여름날, 가지가 휘도록 붉은 앵두가 달린 나무 아래로 우리 자매는 소쿠리와 그릇을 들고 앵두를 따며 따는 족족 반은 입에 넣으면서 무언가 이야기하며 웃고 떠들었다. 그랬던 것 같다. 아니, 그랬을 것이다. 무엇을 수확한다는 건, 게다가 예쁜 앵두였다면. 분명 모두 신나고 웃었으리라. 마당은 풍요로웠고 우리 자매는 수확의 기쁨을 알았다. 손수 무언가를 심고 거두는 일이 처음인데도 별로 낯설지 않은 건 어린 시절 기억 때문인가 보다. 기억의 힘이란 참 징그럽게도 세다.

초록 사과를 볼 때마다 2번 동생이 생각난다. 풋사과를 좋
아한다고 언젠가 말했었다. 엄마는 무화과를 볼 때마다 내
게 사다 준다.

소나기가 그치고 살랑살랑 바람이 불어온다. 한바탕 씻겨
나간 마당은 말갛게 개운해졌고 풀벌레 소리가 조용히 들
려온다.

바질을 따러 마당에 나갔다가 더위에 시든 수국을 한 송이
꺾고, 잡초를 좀 뽑고 마당에 물을 한바탕 뿌린 뒤 차가운
수박을 먹는다. 여름을 좋아하는 건 내가 여름에 태어났기
때문인지도 모른다.

얼음을 띄운 콩국수 한 그릇을 먹어야 아, 여름이구나, 하는
기분이 든다. 물매암처럼 퍼지는 초록 매미 소리, 나는 설거
지를 미루고 한참 마당을 내다본다.

잊을 만하면 보이는 오이를 하나 땄고, 냉장고에 감자와 달걀이 있다. 그렇다면 아침 메뉴는 으깬 감자와 달걀, 잘게 썬 오이를 넣은 샌드위치. 봄에 오이 모종을 세 개 심어 하나는 말라 죽고 열 개 정도 오이를 얻었는데 풍작인지 흉작인지 모르겠다. 맛난 오이를 먹었으니 됐다.

오늘의 수확은 가지. 전부터 궁금하던 여름 카레를 만들어
보았다. 레시피는 좋아하는 가수, 자우림 김윤아 씨의 요
리법. 가지와 양파, 피망, 다진 돼지고기, 토마토소스와 고
형 카레. 여기에 나는 방울토마토와 완두콩을 한 줌 추가했
다. '여름의 카레'라니 절묘한 작명이라고 생각하며 접시를
깨끗이 비운다. 3인분의 카레가 남았고 내일의 카레는 더
맛있어질 것이다.

살구의 맛

어떤 소설에서 모닝 루틴을 보면 그 사람을 알 수 있다는 구절을 읽었다. 책장에 꽂힌 책이나 먹는 것, 혹은 사는 집을 보면 어떤 사람인지 알 수 있다는 말도 들은 적 있다. 들고 다니는 가방의 무게가 평생 짊어질 짐의 무게란 이야기를 들은 건 잡지사에 다닐 때 선배로부터였다. 내 가방은 꽤 컸고 그 안에는 지갑과 수첩, 각종 필기구와 소형 카메라, 버스 안에서 반드시 읽으리라는 각오로 고른 소설책과 잡지 두어 권, 갑자기 스트레스 지수가 확 올랐을 때를 대비한 초콜릿과 양치 도구, 왜 들고 다니는지 모를 줄자와 어디에 쓸지 모를 색색의 종이테이프와 우주선 한 대와 고래 한 마리와 틈만 나면 잠이 드는 고양이와 가끔 불을 뿜는 초록색 용이 들어있었다. 잘 찾아보면 선사시대의 공룡도 두어 마리 발견할 수 있었다. 선배는 종종 내 무거운 가방을 들어주겠다고 했고 나는 그런 선배를 좋아했다. 가방의 내용물을 좀 줄여보기도 했지만 어느새 다시 비슷한 중량과 부피로 돌아갔고 선배와 나는 이제 만나지 않는다. 어느 순간부터 새로 만나는 사람보다 만나지 않게 된 사람이 더 많아졌다.

감정에도 질량 보존의 법칙이 있다면 내 곁에 남은 적은 사람들과 깊고 오래, 너무 뜨겁거나 차갑지 않은 온도로 산뜻하게 만나고 싶다.

삶을 바꾸고 싶다면 사는 곳을 바꿔 보라는 글도 읽은 적 있다. 이사한 뒤 내 모닝 루틴은 확실히 변했다. 고양이를 돌보고 정원을 가꾸는 건 전에 없던 일이다. 그러나 사람은 그리 쉽게 변하지 않는 것 같다. 마당 있는 집에 살면 좀 부지런해질 줄 알았는데 여전히 나는 해가 중천에 떠야 일어나는 사람일 뿐이다.

여름의 모닝 루틴은 마당에 떨어진 살구를 줍는 것. 살구를 발견할 때마다 환호성 지르고 싶다. 보물찾기 놀이에서 작은 보물을 찾은 아이처럼.

내가 살구를 좋아하는 이유는 몇 가지 있는데 우선 그 모양이 애처롭기 때문이다. 채도와 선명함을 살짝 뺀 주황, 살구색이라고 하는 여린 색과 유순한 생김새가 좋다. 여름 한철 잠깐 나오기 때문에 좋아한다. 사람들이 벚꽃과 첫눈을 보면 그러하듯이 나는 예고도 없이 어느 날 마트에 놓인 살구를 보면 아, 여름이구나, 하고 설렌다. 살구는 조금 수줍은 과일인 것 같아 좋다. 손님 접대에 낼만 한 대중적인 기호의 과일도 아니고 선물하는 귀하고 화려한 과일과도 거리가 멀다. 살구는 뭐랄까, 맛이 있다고도 없다고도 할 수 없는 과일인 것 같다. 시다고도 달다고도 할 수 없는 어련무던한 맛, 그래서 주로 잼과 파이 재료로 쓰인다. 요거트나 빵에 곁들여 먹기도 하지만 내가 제일 좋아하는 건 마당에서 주운 살구를 찬물에 헹궈 한입에 넣고 우물거리는 거다. 애처로운 과일이 입 안에서 부드럽게 뭉개지며 달짝지근한 맛이 담담히 퍼진다. 여름, 이른 아침의 맛이다.

내가 살구를 좋아하는 이유를 하나 더 말하자면 이름이 귀여워서다. 살구, 라고 부르면 작고 동그란 것이 입 안에서 또르르 구르는 느낌이다. 또 하나 살구를 좋아하는 이유는 살구라는 이름을 가진 고양이 때문이다. 살구, 살구 부르면 왜앵 하고 달려오는 작고 동그란 고양이. 나는 자꾸 살구, 살구 부른다.

우연의 고양이

살구가 엄마를 따라 마당에 처음 온 게 2월 중순쯤, 그때 살구는 오륙 개월쯤 돼 보였다. 그러니까 내가 살구의 임신을 짐작한 6월, 살구의 나이는 많아야 10개월이었다. 아기가 아기를 가졌다. 가엾고 애처로워 눈물이 났다.

추위가 혹독해지면 겨울과 여름이라는 단어 대신 건기와 우기로 나뉘는 도시로 떠났다. 높은 천장과 하얀 벽으로 둘러싸인 방의 창밖으로 야자수 그늘이 진하게 드리우고 진홍빛 부겐빌레아가 우거진 마당이 내다보였다. 서로 적당한 거리를 두고 서 있는 여섯 채의 건물에는 먼 나라에서 온 여행자들이 묵고 있었다. 문과 창은 숙소를 둘러싼 작은 숲을 향하고 있어 서로를 관찰하거나 우연이라도 엿보는 일은 불가능했고 어쩌다 마당을 오갈 때 다른 투숙객들과 마주칠 뿐, 그도 아주 드문 일이었다. 그곳에서 나는 야외 테라스에 놓인 테이블에 앉아 아침부터 밤까지 소설을 썼다. 출출해지면 동네 식당에 가서 읽지 못하는 메뉴판에서 운에 맡기는 심정으로 손가락으로 가리켜 주문한 음식을 먹고(대체로 운이 좋았다) 작은 노점에서 아이스티를 사서 이리저리 걸어 다녔다. 목적지도 없이 구글 맵도 켜지 않고 다만 동네를 걷는 것뿐이라 때로는 골목에서 길을 잃어 긴 산책이 되기도 했다. 손짓, 발짓으로 밥 먹었냐고 묻고 역시 온갖 몸짓으로 배 터지게 먹었다고 대답하는, 숙소 관리인과의 인사 외에는 종일 대화하는 일 없는 고독한 날들이었다.

그러던 어느 날 고양이가 찾아왔다.

누가 먼저였나. 아니, 누가 먼저랄 것도 없이 공 같은 작은 것들이 쪼르르 계단을 타고 올라와 테이블에 앉은 나를 똘 망똘망 올려다보았다. 솜털 같고 보석 같았다. 이제 막 엄마 품을 떠난 듯한 새끼 고양이들은 모두 넷. 온몸이 까만 밤하늘 같은 녀석이 둘, 그리고 고등어 무늬와 회갈색, 하나같이 눈이 초롱초롱했다. 용맹한 새끼 고양이들은 테이블 주위를 정찰하고 벽을 타고 비누 냄새를 맡아 보고 빗자루와 한바탕 씨름한 뒤 우다다다 뛰다가 그대로 마당으로 내달려 야자수에 매달렸다. 그날 오후, 산책은 여느 때보다 길었고 돌아오는 길에 내 손에는 고양이 사료와 캔이 들려 있었다.

사계절이 없는 도시에서 태어난 어린 고양이들의 이름을 나는 봄, 여름, 가을, 겨울이라고 지어주었다. 아이들의 이름은 여러 개였을 것이다. 맞은편 건물에 묵는 일본인 여자가 고양이들에게 밥을 주는 걸 나는 알고 있었다. 여자는 밥때가 되면 알아들을 수 없는 언어로 고양이들을 불렀고, 언어에 상관없이 고양이를 부르는 목소리는 다정하다고 알게 되었다. 정원에서 일본인 여자와 마주치면 눈인사를 건넸고 그도 역시 조용히 눈으로 답했다. 그것은 같은 일을 도모하는 공모자가 나누는 은밀한 눈빛이었다. 그도 내가 고양이들에게 밥을 주는 걸 알았다.

인생이란 예기치 못한 우연으로 이루어져 있고 여행은 인생과 조금 닮아 있어 우리는 여행에서 크고 작은 우연들과 마주친다. 그 도시에서 내가 만난 우연은 고양이였다.

사계절은 아침, 저녁으로 들러 밥을 먹고 갔다. 봄과 여름이 같이 오기도 하고 사계절이 번갈아 따로 오기도 했다. 대개는 배를 채우고 나면 횡하니 갔는데 고등어 무늬, 가을이는 점점 눌러앉는 시간이 길어졌다. 내가 테라스 한쪽에 깔아둔 담요 위에서 달게 낮잠을 자고 종종 밤에도 와서 자곤 했다.

나는 잠든 고양이 옆에서 묵묵히 글을 썼다. 찾아오지 않으면 궁금하고 찾아오면 반가워 배불리 먹였다. 용맹하게 들쑤시고 다니는 기세와 달리 나를 무척이나 경계해 조금만 가까이 가도 쏜살같이 달아나는 통에 조심스레 밥을 주고 짐짓 관심 없는 척해야 했다. 하지만 그것으로 족했다. 배부르게 먹고 잠시라도 편히 쉬다 갔으면 했다. 잠든 고양이를 바라보는 시간이 점점 길어졌다.

떠나는 날, 남은 사료와 간식을 모두 그릇에 나누어 아이들을 먹였다. 그날따라 웬일인지 오지 않는 가을이를 내내 기다리다 못 보고 가나 하고 트렁크를 들고 일어선 순간, 가을이가 나타났다. 뭔가 아는 것처럼 유독 내게 가까이 다가온 가을이에게 남겨둔 간식을 줬다. 간식을 먹고 있는 가을이에게 1년 뒤에 만나자고, 그때까지 잘 먹고 건강하게 지내라고 인사했다. 커다란 트렁크를 끌고 밤 속으로 떠나는 나를 가을이는 놀란 눈으로 바라봤다. 공항으로 가는 택시 안에서 나는 조금 울었던 것 같다.

열대의 도시에는 고양이가 많았다. 길에서 만난 고양이들은 경계심 없이 느긋했고 낯선 이에게 스스럼없이 다가와 머리를 비벼댔다. 길고양이들이 행복해 보이는 도시를 나는 좋아하는 경향이 있다. 그곳에는 친절한 사람들이 많이 살 것 같다. 작고 연약한 존재들에게 가혹한 사람들은 같은 이유로 인간에게도 잔혹한 법이다.

그렇게 우연히 잠시 고양이에게 밥을 준 적이 있을 뿐, 나는 대체로 고양이에 무지했다. 길고양이를 보면 안쓰럽긴 했으나 그것은 작고 약한 것을 보면 자연스레 이는 마음, 그 이상은 아니었다. 내 마당에 찾아오는 고양이들은 늘 허기져 보였고 나는 배불리 먹이고 싶었다. 그뿐이었다. 하지만 고양이 몇 마리가 매일 드나들고 정해진 밥시간에 어김없이 나타나자 나는 전에 없던 무언가가 생겼음을 깨달았다. 그것은 고양이와 나 사이의 약속이었다.

변변치 않은 지식으로 고양이에게 중성화 수술이 필요하다
고 알고 있었다. 마당에 오는 고양이 중 암컷인 여름이와 살
구만큼은 꼭 수술받게 해야겠다고 마음먹었다. 경계 심한 아
이들을 언제, 어떤 방법으로 잡을 수 있을까 고민 중이었는
데 살구가 덜컥 임신을 해버렸다. 심지어 여름이는 앞서 출
산까지 했다. 언젠가부터 닭가슴살을 먹지 않고 물고 가는
일이 빈번해지자 비로소 여름이의 출산을 알았다. 위낙 몸
집이 작고 왜소해 임신한 것조차 눈치채지 못했다. 내가 너
무 무지한 탓이었다.

살구는 하루가 다르게 배가 불러왔다. 6월 중순이 되자 출산
이 임박한 것 같았다. 살구는 종일 마당에서 지내긴 했지만
자는 곳은 따로 두고 밤에는 마당을 떠났다. 어디에서 지내
는지 몰라도 새끼 낳기에 썩 좋은 환경은 아닐 것이다. 그래
서 마당에 집을 마련해주었다. 하지만 살구는 영 관심이 없
었다. 늘 그랬듯이 벤치 아래 맨바닥에서 낮잠을 잤다.

며칠 뒤, 밤에 마당에 나가보니 살구가 벤치 아래서 자고 있었다. 늦은 시간까지 살구가 마당에 머문 건 처음이었다. 자다가 깨서 퉁퉁 부은 얼굴로 왜옹, 하며 내게 달려왔다. 이대로 집 안으로 들어올 수도 있겠다 싶었다. 살구와 나는 그간 쌓은 정이 좀 있었다. 나는 현관문을 열고 살구를 불렀다. 살구야, 집으로 들어가자.

뭘 어쩌겠다는 계획은 없었다. 그저 저 귀엽고 딱한 아이를 하루라도 집에서 편히 재우고 싶을 뿐이었다. 한참을 기다렸지만 살구는 도로 벤치 아래로 돌아가 버렸다. 새벽에 나가 봤더니 살구는 가고 없었다. 그리고 다음 날 살구가 나타나지 않았다.

가슴이 덜컥 내려앉았다. 그릇에 밥을 두고 마당을 서성이며 기다렸지만 오지 않았다. 어쩐 일인지 다른 고양이들도 안 보였다. 종일 창밖을 내다봤다. 오후에 여름이와 노랭이가 와서 밥만 먹고 금방 떠났다. 마당이 그렇게 휑하고 적막한 곳인지 처음 알았다. 내가 주택으로 이사했다고 하자 지인들은 무섭지 않냐고, 적적하지는 않은지 물었다. 무섭지도, 적적하지도 않다고 나는 대답했다. 그것이 내 마당을 찾는 작은 존재들 덕분이었음을 비로소 깨달았다.

다음 날도 살구는 보이지 않았다. 출산했거나 아니면. 다른 상상은 하고 싶지 않았다. 애가 탔다. 이틀 전 밤에 집으로 돌아가지 않고 마당에서 잔 게 살구가 보낸 마지막 사인이었는지도 모른다고 생각하니 눈물이 났다. 밥시간에 맞춰 여름이가 와서 먹이를 물고 갔다. 혹시 살구와 함께 있지 않을까 해서 따라 나가 봤지만 미행은 실패했다. 여러 번 대문 밖에 나가 살피다 골목을 돌아보고 들어왔다.

늦은 오후, 다시 한번 골목을 둘러보고 집으로 돌아오는데, 저만치 솜털 공 같은 것이 쫑쫑쫑 걸어왔다. 살구였다.

그날 밤 커다란 냄비에 닭과 황태포를 고았다. 출산한 고양이에게 좋다고 하는 보양식으로, 인터넷에서 얻은 지식이었다. 다음 날 창밖을 내다보자 살구와 여름이, 노랭이가 나란히 앉아 있었다. 현관문을 열자 살구가 왜앵, 하고 달려왔다. 작고 어여쁜 것을, 나는 가만히 쓰다듬었다.

여름 손님

마당에 새 손님이 찾아왔다. 줄무늬 스웨터와 근사한 턱시
도를 입은 앙증맞은 손님들, 여름의 아가들이다. 추정컨대
여름이의 출산은 4월 중순쯤, 그러니까 아가들은 2개월 정
도 됐다. 아가들은 나를 보고 혼비백산해서 도망가 숨어 삐
약삐약 울어댔다. 경계심 많은 여름이를 꼭 빼닮았다. 나는
밥만 두고 황급히 집 안으로 들어와 커튼 뒤에서 숨죽여 지

커봤다. 앵두와 자두. 자연스레 떠오른 이름이다. 줄무늬 아
가가 앵두, 턱시도 아가는 자두. 여름 과일로 통일하고 돌림
자까지 맞춘 작명 센스에 내심 뿌듯했다.

여름이는 아가들에게 사냥 연습(그것을 사냥이라고 부를 수
있다면)을 열심히 시켰지만 아가들은 엄마의 바람과 달리 숨
기와 탈출 연습만 열심히 했다. 어르고 야단도 쳐봤지만 별
소용이 없자 여름이는 다시 부지런히 먹이를 물어 날랐다.

그러다 작정한 듯, 여름이 아가들을 데리고 아예 내 마당으로 이사했다. 이 누추한 곳에 찾아주셔서 황송합니다만 지내기 괜찮으실까요. 장마가 빠르게 북상하고 있었다. 비를 피해 여름이는 아가들을 데리고 마당에서 이어진 이웃집 처마 밑으로 들어갔다. 마당에 마련해둔 집이 있지만 거들떠보지도 않았다.

여름이네가 자리 잡은 곳은 간신히 비나 피할까, 좁고 열악했다. 장마에 견딜 수 있을지 걱정이었다. 너무 힘들면 살던 곳으로 다시 돌아가지 않을까 싶었는데 떠나지 않았다. 비는 며칠이고 계속됐다. 내내 창밖을 내다보다 잠시 비가 그친 틈에 여름이 가족이 마당으로 나오면 황급히 나가 밥을 줬다. 아가들은 밥보다 노는 게 좋아 축축한 풀밭 위를 달리고 나무를 타고 올랐다. 어려도 과연 고양이는 용맹하다. 잠시 빗소리가 약해진 어느 밤, 희미하게 현관문 긁는 소리가 났다. 문을 열어보니 여름이와 아가들이었다. 줄곧 퍼붓는 비 때문에 마당으로 나오지 못했던 아가들은 종일 주려 있었다. 집 안에 사람이 있고 부르면 나오리라고 생각했다니 어찌나 똑똑하고 기특한지. 늘 경계하지만 조금은 나를 믿고 있었나 보다. 사람을 피하는 것도 잊고 허겁지겁 먹는 아이들을 지켜봤다. 내가 해줄 수 있는 건, 캔을 하나 더 따주는 것뿐이었다.

어른의 일

새벽에 빗소리에 몇 번 잠이 깼고 마당의 아이들을 걱정하
다 다시 잠들었다.

무섭게 쏟아지는 빗속으로 세상은 사라진다. 흙탕물이 소용
돌이치며 마당이 순식간에 물에 잠긴다. 나는 부옇게 사라
진 마당을 속절없이 내다본다. 지붕을 두드리는 빗소리, 두
렵도록 진한 흙냄새. 그치지 않는 비는 무기력과 동시에 전
투력을 상승시켰다.

잠시 비가 그친 틈을 타서 마당을 둘러본다. 심고 살피고 물
주어 가꾼 것들이 쓰러지고 맥없이 누웠다. 우선 일으켜 세
우고 흙을 북돋아 고정한다. 우르릉 우르릉, 멀리 하늘이 울
리는 소리가 들려온다. 다시 비가 내리면 쓸모없어질 일을,
나는 하지 않을 수 없다.

하늘은 어둑하고 두터운 구름이 낮게 깔려 있다. 열기와 물기를 가득 품은 공기 속에서 나는 물고기가 되어 헤엄친다. 땅과 나무는 습기를 무섭게 뿜어내고 비둘기색 치자꽃은 지상에서 자취를 감췄다. 에어컨과 제습기를 쉴 새 없이 돌리는 나날. 이상 기후를 말하는 뉴스에 나는 불안과 죄책감을 느낀다. 멀리 비가 쏜살같이 달려온다.

아주 오래전부터 반복된 일이었을 것이다. 장마에 대비하고 습기를 단속하고 집 안과 마당을 분주히 돌보는 일. 그것은 오롯이 부모님의 몫이었다. 비 오는 날, 어린 자매들의 걱정은 멀쩡한 우산을 차지할 수 있는가였다. 아무리 사도 없는 기묘한 존재. 우산은 사람이 안 보는 사이에 움직여 어딘가 있는 우산들의 나라로 가는 게 분명하다고 어린 자매들은 믿어 의심치 않았다. 집을 보살피고 마당을 가꾸는 건 마땅히 어른의 일이고 어른이니 잘하리라는 믿음 역시 단단하였다. 이 집에 살던 아이는 어설픈 어른이 되어 돌아왔다. 어설퍼서 매번 비와 습기, 마당 일에 쩔쩔매고 만다.

어른이 되지 못할 거라고 생각했다. 아침마다 화장하고 구두를 신고 출근해서 짐짓 어른인 척하지만 낯가리고 겁 많고 수줍은, 이런 말을 해도 될까, 이 행동이 맞는 걸까, 전전긍긍하고 불안해하는 아이가 내 안에 웅크리고 있었다. 어른이 되는 일은 누가 딱히 가르쳐주지 않아서 나는 어른이면 마땅히 혹은 능히 해야 할 일들을 주워듣고 따라 했다. 청약 적금을 넣고 보험에 가입하고 일주일에 한 번 세제를 뿌려 욕실을 청소하고 겨울 코트는 비싼 것으로 한 벌 정도 장만했지만, 그렇다고 어른이 된 것 같지는 않았다.

반드시 어른이 되어야 한다면, 괜찮은 어른이 되고 싶었다. 아는 척, 잘난 척, 있는 척, 어른인 척하지 않는 진짜 어른. 유연한 마음과 현명한 눈과 겸손한 태도. 그 밖에도 많은 덕목이 필요할 것이다. 경제력도 어른 됨의 필수 요건이다. 많은 재산을 축적함을 의미하는 건 아니다. 제 밥벌이를 하고 좋아하는 것이나 좋은 습관 하나쯤에는 돈을 맞춤하게 쓸 수 있고 노후를 대비하여 타인에게 누가 되지 않고 구차하지 않게 사는 정도, 그렇게 살고 싶다. 정갈하게 나이 들고 싶다.

작고 어여쁜 별

살구가 아기를 데리고 왔다. 이렇게 귀여운 아기를 낳았다고 내게 자랑한다. 태어난 지 한 달 조금 지난 아기는 솜털 같고 꽃 같고 별처럼 어여쁘다. 살구는 좋아하는 닭가슴살을 먹지 않고 아기에게 가져다준다. 비비추 그늘 속에 아기는 고요히 누워있다. 일어나서 밥 먹으라고 살구는 잠든 아기를 핥고 쓰다듬고 흔들어 깨운다. 아기는 눈 뜨지 않고 살구는 애가 탄다.

살구는 내게 달려와 운다. 왜 아기가 일어나지 않느냐고, 왜 밥을 먹지 않느냐고, 왜앵 왜앵 내게 물었다. 나는 대답 대신 잠든 아기를 쓰다듬으며 말했다. 살구야, 아기 참 예쁘다, 이렇게 예쁜 아기를 낳고 대견하네, 우리 살구 참 장하네. 내가 아기를 쓰다듬는 동안 살구는 울음을 그치고 가만히 지켜봤다. 그 눈빛을 나는 알고 있다. 절망과 두려움이 뒤섞인 막막한 눈, 그럼에도 불구하고 실낱같은 기대를 품은 간절한 눈. 하지만 나는 무기력하게 어린 고양이와 어린 고양이가 낳은 새끼를 쓰다듬을 뿐이다. 고통의 흔적 없이, 아기는 말갛다. 아기에게 뭔가 일이 생겼지만 그게 정확히 뭔지 몰라 살구는 두렵고 혼란스럽다. 아기가 이상하게 유독 깊이 잠들었지만 이제 곧 여느 때처럼 일어나 젖을 빨고 닭고기도 먹고 난생처음 접한 맛이 신기하고 좋아서 삐용삐용 환호할 거라고, 살구는 단념하지 않는다. 살구는 먹지고 자지도 않고 오직 아기를 깨우는 일에만 몰두했다. 죽음을 받아들이는 데 살구에게는 시간이 필요한 것 같았다. 내가 할 수 있는 건, 그런 살구를 기다려주는 것뿐이다.

밤이 되자 검은 하늘에서 비가 내리기 시작했다. 작은 몸이 젖을까 봐 아기 위로 우산을 펴주자 살구는 경계했지만 아기를 지키려는 모성은 두려움보다 크다. 잠시 살펴보던 살구는 우산 아래로 가서 아기 옆에 누웠다. 우산 위로 비가 후드

득후드득 떨어졌다. 지상에서 비를 피할 유일한 장소인 것처럼 우리는 우산 아래 웅크렸다.

늦은 밤, 살구가 내 앞에 아기를 물어다 놓고 슬피 울었다. 드디어 아기의 죽음을 받아들인 듯했다. 아니, 어린 고양이는 아직 죽음에 대해 잘 알지 못한다. 아기가 다시 깨어나지 못할 것을 희미하게 감지할 뿐.

나는 살구에게 물었다. 이제 아기 보내 줄까?

살구는 대답 대신 어둠을 조용히 바라본다. 아기를 수건에 감싸 상자 안에 눕혔다. 공기를 안은 듯, 아기는 너무도 가볍고 보드랍다. 마지막 인사하라고 아기를 보여주니 살구는 슬쩍 한 번 눈길을 준 뒤 훌쩍 일어나 저만치 나무 밑에 가 앉았다.

살구는 밤새 울며 나를 불렀다. 나는 위로에 서툰 사람이라 무엇을 해야 할지 잘 모르지만, 모르는 채로 살구의 곁을 지켰다. 슬픔을 달래줄 수는 없어도 살구를 쓰다듬어 줄 수는 있었다. 작고 가련한 고양이를 가만히 어루만지며 잘했다고, 애썼다고 속삭여주었다. 슬픔을 위로하는 목소리는 나직하게 떨려 끝내 완성되지 못하고 어둠 속에 흩어졌다. 별 하나 없는 밤이었다. 살구는 이따금 아기가 누워있던 자리로 갔다 내게 돌아와 울었다. 새벽이 되자 목이 쉰 고양이는 더 울음소리를 내지 못하고 지쳐 누웠다. 그날 살구는 집에 돌아가지 않고 처음으로 마당에서 잤다.

다음 날 아침, 커튼을 젖히니 살구가 곤히 자고 있었다. 잠을 깨울까 봐 한참을 기다렸다. 살구에게 밥을 주고 마당 구석에 아기를 묻었다.

살구는 아기가 누워있던 비비추 그늘 속으로 들어가 웅크리고 종일 나오지 않았다.

닭고기 수프

커다란 냄비를 올린 가스레인지에 불을 켜고 나는 이제 습관이 된 행동으로, 무심코 고개를 돌려 마당을 내다본다. 심해 열대어를 닮은 꽃은 지난밤 비에 떨어져 붉은 파도에 휩쓸려가고, 지지 않고 말라버린 빛바랜 수국에선 여름밤 촛불을 향해 날아들던 나방의 그림자 냄새가 난다. 나무 아래로 진한 그늘이 드리우고 초록 잔디 위로 둥근 열매를 굴리며 놀던 어린 고양이들은 더는 보이지 않는다. 양파를 썰지 않은 부엌에서 나는 조금 울었다.

앵두와 자두는 작고 동그란 열매처럼 여름 태양을 먹고 자라났다. 귀여움이란 단어를 형상화하면 어린 고양이가 되는 것을 나는 알았다. 나무 위의 새를 올려다보는 동그란 뒤통수와 초록 벌레를 노려 씰룩대는 작은 궁둥이와 사뭇 진지하게 제 몸을 닦는 연한 복숭아색 혀. 좀처럼 보여주지 않는 앙증맞은 발바닥에는 분홍빛 하트가 감춰져 있었다. 내 눈은 종일 아가들의 뒤를 쫓느라 분주했다. 그러나 무더위가 지속되자 눈길이 멈추는 일이 많았다. 나무 그늘 속에 어린 고양이들은 힘없이 웅크리고 움직일 줄 몰랐다. 잘 먹지 않고 여위어 갔다. 아가들이 병에 걸렸다.

경계심 많고 날랜 어린 고양이가 내 손에 잡힌 건 달아날 기력이 없어서였다. 잡혀서 담요에 싸여 발버둥 치는 힘에 나는 조금 안심이 됐다. 아직 두려움에 맞설 힘이 남아 있다. 난생처음 갇힌 어린 고양이를 달래기 위해 이동장 안으로 제일 좋아하는 간식을 넣어 주었다. 아프고 무서운 와중에도 앵두는 먹었다. 그래서 앵두가 나으리라고 믿어 의심치 않았다.

먹을 의지가 있다면 산다고, 나는 늘 생각했다. 입원실 유리
문 너머로 떨고 있는 앵두를 지켜보다 나는 말했다. 잘 자,
내일 아침에는 나아서 집에 가자. 그게 마지막 인사가 되었
다. 낫기 힘든 병이라고, 특히 새끼 고양이들은 더 힘들다고
말하는 의사에게 나는 입원하지 않고 마당에 두었다면 며칠
더 살 수 있었냐고 물었다. 그건 아니라고 말하던 의사는 고
개를 돌렸다. 작은 상자를 안은 내가 엉엉 울기 시작했기 때
문이다. 마당 한쪽, 살구의 아기 옆에 앵두를 묻었다.
장마가 끝나고 얼마 뒤 여름이 가족은 거처를 옮겼다. 잠은
다른 곳에서 잤지만 종일 마당에서 지냈다. 간혹 여름이는
아가들을 내게 맡기고 외출하기도 했다. 아가들은 엄마 없이
도 둘이서 잘 놀았다. 그래도 밥때가 되면 여름이는 어김없
이 돌아와 아가들을 불렀다. 애들아, 밥 먹어라. 그것은 조금
독특한 울음소리였다. 노을이 질 무렵 전깃줄에 앉은 비둘기
가 텅 빈 하늘을 향해 구르륵 거리는 소리와 약간 비슷한데,
한없이 다정하고 조금 구슬프게 들렸다. 새끼를 향한 어미의
마음은 아마 그런 것이므로. 엄마가 부르는 소리에 아가들은
풀숲이나 나무 뒤에서 쏜살같이 달려 나왔다.

그렇게 여름이가 하염없이 울었다. 앵두를 찾아 마당을 돌며 울었다. 앵두가 자주 앉아 있던 나무 그늘과 풀숲 사이를 살피며 구르륵 구르륵 울었다. 밥도 먹지 않고 울며 찾아다니다 먹이를 물고 떠났다. 자두도 앵두처럼 앓고 있었다. 밥 먹으러 올 힘도 없을 정도로 아픈 것이라고 짐작했다. 얼마 뒤 여름이는 먹이를 더는 물고 가지 않았다. 자두도 떠났음을 나는 알았다.

여름이는 그 뒤로도 애타게 울며 앵두를 찾아다녔다. 먹이를 입에 물고 보이지 않는 아가를 부르며 구르륵 구르륵 울었다. 앵두도 떠났다고 나는 차마 말해주지 못한다.

종종 나는 내 선택에 후회한다. 무섭고 낯선 병원보다는 익숙한 마당과 엄마 품에서 떠나는 게 낫지 않았을까. 홀로 죽는 순간 얼마나 두렵고 외로웠을지 떠오르는 날이면 나는

어두운 마당을 오래 바라본다. 앵두는, 내 작고 사랑스러운 고양이는 볕 좋은 날이면 마당 가운데 나무 탁자에 올라앉아 바람이 부는 방향으로 코를 내밀고 바람 쐬는 걸 좋아했다. 눈은 지그시 감고 시옷 자 입꼬리는 살짝 위로 올라가 있어, 바람이 작은 몸을 어루만지고 지나가면 좋아서 부르르 떨며 부드러운 털은 은가루처럼 반짝였다.

어린 고양이들은 별이 되었을까. 꽃이 되었을까. 앵두와 자두는 다시 만났을까. 그곳에서도 서로 꺼안고 다정하게 지내고 있을까.

부엌에서 나는 땀을 흘리며 닭고기 수프를 끓인다. 여름이는 더는 울지 않는다. 마당에서 고단한 몸을 잠시 쉬었다 떠난다. 닭고기 수프를 먹고 여름이가 무사히 견뎌주길, 나는 바란다. 여름이 가기 전, 여름이는 다시 새끼를 낳을 것이다.

올해 마지막일 듯한 수국을 꺾어 화병에 꽂았다. 뜨거운 햇볕에 시들해서 그늘에 심어줄 걸 싶었고, 수국을 옮겨 심을 궁리에 벌써 머릿속이 분주하다. 예전에 아빠는 큰 나무 아래 수국을 심어 마당엔 연한 푸른빛이 가득했다. 오래전 마당 모습을 떠올리는 일이 많다. 익숙하고 친근한 풍경, 그것은 내게 마당의 원형으로 기억된다.

선물 받은 복숭아를 바구니에 담아두니 집 안에 달콤한 향이
가득하다. 좋아하는 계절이 가는 풍경을 고요히 바라본다.

달밤, 휘파람 소리
공존의 가을

바람이 나붓이 불어온다. 계절이 변하고 있다.

볕이 좋다. 글 쓰는 내 옆에서 고양이는 낮잠을 잔다.

가을꽃은 생김새는 소박한데 색이 참 화려하다고 문득 깨닫는다. 안 보이던 것들이 눈에 들어오기 시작한 건 마당 있는 집에 살면서부터다. 내년에 마당에 뿌리려고 백일홍 씨앗을 받았다.

고등어

어젯밤엔 고양이가 자라는 나뭇가지를 받아오는 꿈을 꾸었고 밤새 야옹거리는 환청을 들었다. 울다 지쳐 잠든 어린 고양이를 방해하지 않으려 나는 숨죽여 조심스레 움직인다.

살구가 집에 들어온 지 사흘째 드디어 잠을 잔다. 이틀을 꼬박 울었다. 안전한 곳은 오직 침대 밑, 낮고 컴컴한 곳이라 굳게 믿으며 한껏 웅크리고 고단한 잠에 빠졌다. 악몽을 꾸는지 살구는 이따금 잠꼬대한다. 꿈속에서 어떤 위험과 두려움과 설움을 겪고 있을까, 안타까워 내민 손은 허공을 한 번 쓰다듬고 만다.

살구는 며칠 전 아기를 잃었고 발정이 시작되었으며 갑자기 잡혀 낯선 곳에 갇혔다. 그 모든 것들이 어린 고양이에게는 악몽이다. 작은 몸을 움찔거리며 잠꼬대하는 살구를 쓰다듬어 달래주고 싶지만 잠 속에서 내 다정하던 고양이는 아기에게 젖을 주고 마당을 뛰놀고 있을지도 모른다. 고양이들은 꽤 기억력이 좋다고 들었다. 특히 나쁜 기억은 절대 잊지 않는다고 한다. 살구는 나를 용서하지 않을지도 모른다. 내 선택이 옳은 것인지 자신하지 못한 채 멍하니 마당을 바라본다. 작은 고양이가 그 아래 즐겨 앉던 나무는 깊은 그늘을 드리우고 있다. 닷새 만에 살구가 내 곁에 왔다. 가만히 쓰다듬자 슬픔에 잠긴 눈은 나를 외면한다.

한낮에도 커튼을 두터운 잠처럼 드리운 집 안에서 작은 고양이는 어딘가 있을 탈출구를 찾아 애처로이 방황한다. 나는 깃털이 달린 낚싯대를 흔들고 털로 만든 공을 던져 보지만 살구는 거들떠보지도 않는다. 좋아하는 간식도 효력이

길지 않다. 드디어 굳게 여민 커튼 사이로 발견한 것에 살구
는 놀란다. 얼마 전까지 뛰놀던 마당을 향해 필사적으로 달
려가지만 소용없다. 슬피 우는 소리가 집 안에 퍼진다. 마
당을 내다보며 우는 동그랗고 작은 뒤통수를 나는 그저 지
켜볼 수밖에 없다. 살구는 유리창을 긁기 시작하고 오랜 시
간이 지나 체념한다. 그리고 나면 내 다정한 고양이는 울면
서 내 곁에 와 잠이 들 것이다. 달리 기대야 할 존재를 알지
못하기 때문이다.

설핏 잠들었다 깨서 나는 갑자기 고등어구이가 먹고 싶어졌
다. 여러 날 잘 자지 못하고 몸이 피로할 때 간절해지는 음
식이다. 냄새 때문에 집 안에서 굽는 건 엄두가 나지 않지
만 불맛 나게 고등어를 잘 굽는 가게를 알고 있다. 그곳은
먼 바닷가에 있다. 바다 냄새를 맡으며 비릿한 것을 반찬으
로 밥 한 공기를 비웠던 날은 누군가와 헤어졌던 날이었던
가, 믿었던 이에게 상처를 받은 날이었던가, 그저 멀리 떠나
고 싶은 날이었을까.

섬에 사는 동안 해질녘이면 걸었고 걷다 보면 바닷가에 닿
았다. 방파제 끝에서 낚시꾼이 건져 올린 물고기를 고양이
가 물고 가는 걸 본 적 있다. 그 고양이에게는 새끼가 있었
을 것이다. 바닷가 돌 틈 사이, 겨울이면 노란 귤이 쌓이는
창고, 혹은 바다에서 멀리 떨어진 어느 지하 주차장, 으슥하
고 위태로운 곳에 새끼들이 숨어 엄마를 기다리고 있으리라.
세상의 작고 가련한 존재들을 이제 나는 알게 되었다. 삼나
무가 파도 소리를 내는 밤.

방 안을 떠다니는 낮고 규칙적인 숨소리를 들으며 나는 서
재로 가 책상에 앉는다. 아무것도 쓰지 못한 채로 밤이 내렸
다. 오늘 밤 나는 어쩌면 깊은 바다가 나오는 꿈을 꾸고 희미
한 빗줄기가 스며드는 검은 바닷속에는 푸른 고등어 떼가 헤
엄쳐 다닌다. 영롱한 색으로 빛나는 산호의 숲에서 나는 고
양이가 자라는 나뭇가지를 건져 올리고 나의 작은 고양이는
울며 잠꼬대한다. 그것은 매우 애달픈 흐느낌처럼 들린다.

공존의 마당

마당에 내가 심지 않은 꽃이 피었다. 바랜 듯 연한 보라색 꽃, 비비추. 아마 아빠가 심었을 것이다. 오래 돌보지 않던 마당에서 살아남았다.

마당은 한눈에 구분이 된다. 반으로 나누어 한쪽은 크고 오래된 나무가 서 있어 그늘이 깊은 아빠의 마당. 그리고 나머지 반은 초보 가드너가 이런저런 시행착오를 겪고 있는 나의 마당. 둘은 절대 화해하지 않을 듯, 완고해 보인다. 대단한 카오스이자, 어찌 보면 나름대로 조화를 이룬 기묘한 세계 같다. 내가 심은 것들이 자라고 혹은 맥없이 시들어 죽는 걸 지켜보며 뜰 안 나무들이 새삼 대단하게 느껴진다. 그들은 빈집을 든든히 지켜 잎을 틔우고 예기치 못한 어느 날에 내게 아름다운 꽃과 풍성한 과실을 주고 새와 고양이에게 쉴 곳까지 내주었다.

오래전 마당은 어린 자매의 놀이터였다. 매일 질리지도 않고 새로운 놀이를 발견했다. 자욱한 국화에 달려드는 벌떼를 검을 휘둘러 무찌르는 기사였다 불을 내뿜는 용으로 변했고 양탄자를 타고 하늘을 나는 푸른 거인이 되기도 했다. 진흙을 이겨 샐비어꽃을 속으로 넣어 아름답고 독창적인 빵을 만들고 응달진 곳에서 딴 노란 독버섯으로 수프를 끓이는 마녀였다. 수프를 먹은 사람은 지렁이로 변신할 터라 누구를 지렁이로 만들지 가늠해보곤 했다. 마당의 모든 것들과 말을 했고 무당벌레와 나비, 개구리와 지렁이, 꽃과 나무는 늘 입을 꾹 다물고 있었지만 상관없었다. 그들은 깊은 밤 사람이 모두 잠든 동안에만 말한다는 걸 우리는 알고 있었다.

뽑기를 미룬 탓에 더부룩해진 풀더미 속에서 과거의 장난감
과 조우했다. 작은 포도송이 같은 열매, 자리공이다. 가을에
열매가 까맣게 익는 자리공은 어린 자매들의 좋은 장난감이
었다. 열매를 손가락으로 살살 힘을 줘 터뜨리면 검붉은 즙
이 나오는 게 신기해서 손이 까맣게 물드는 줄도 모르고 익
은 열매를 찾아 덤불 속을 뒤지곤 했다. 이 집에 살면서 과
거를 떠올리는 일이 많아졌고 지나간 시간은 그리 대단치 않
지만 간혹 말랑말랑하고 포근한 기억의 조각이 있다. 부모
님이 내게 물려준 마당은 시간의 다른 이름이었다. 이제 마
당에는 아빠의 시간과 나의 시간이 공존한다.
자리공 가지를 꺾어 꽃병에 꽂았다. 우연인 척하며 익은 열
매를 손으로 터뜨려 보았다. 검붉은 즙이 손가락을 물들인다.

다락의 기억

추석 전날 한옥 마을에서 만나. 속닥속닥, 키득거리며 은밀히 하는 약속. 조카들과 만나기로 했다.

우리는 한옥 마을을 좋아했다. 과거형으로 말하는 건 지금은 좋아하지 않는다는 뜻은 아니다. 관광객이 북적이고 이름 모를 길거리 음식점과 한복 대여점이 줄지은 지금보다 한적했던 예전의 거리를 더 좋아했다. 그곳에 막냇동생이 세일러복을 입고 다녔던 성심여고가 있고, 그 막냇동생과 4번 동생이 '한옥길을 타박타박'이라는 작고 예쁜 카페를 열었고, 어릴 적에 학교에서 그림을 그리러 가던 경기전이 있고, 경기전 담장은 연보랏빛 등꽃이 가득 피어 있어 어린 나는 고개를 들어 한참 바라보곤 했다. 더 거슬러 올라가면 세 분 고모가 살고 계셨고 나는 그 고즈넉했던 동네에서 어린 시절을 잠시 보냈다. 한옥 마을이 아니라 교동이라 불리는 때였다. 기와가 부드럽게 이어지는 동네 끝에는 어둑한 굴다리가 있었다. 한낮에도 으스스해지는 곳이었다. 그런 장소에는 으레 그렇듯이 수많은 이야기가 떠돌았다. 굴다리를 다 빠져나가기 전에 뒤를 돌아보면 목이 잘려 죽는다거나 깊은 밤에 굴다리를 지나면 흰옷을 입은 여자가 따라온다거나 매일 새벽마다 굴다리를 지나 행군하는 부대가 있고 그중 군인 하나가 부대에서 뒤처져 홀로 철길을 걷는데 다리가 하나뿐이라는 이야기들. 나는 그 이야기들이 거짓말이라고 생각하면서도 굴다리를 지날 때면 뒤돌아보지 않으려 애쓰며 정신없이 뛰었다. 굴다리를 지나 철길을 따라 조금 걸으면 풍남동이라는 동네였고 그곳에 큰댁이 있었다.

어렸을 때 큰댁에 자주 갔다. 제사가 많았기 때문이다. 엄마와 큰어머니와 고모들이 부엌에서 전을 부치고 나물을 무치고 떡을 안치고 꼬막을 삶느라 분주하고 큰아버지는 먹을 갈아 지방을 쓰고 아빠와 사촌 오빠들이 밤을 깎는 동안 나와 동생들은 탐험에 나섰다. 그것은 안방 아랫목 벽에 달린 나무 문을 통과해 나타나는 비밀의 세계로, 다락이라 불리는 곳이었다. 좁고 가파른 계단을 몇 개 오르면 그곳은 무덤이었다. 고장 난 선풍기와 커다란 냄비와 그릇, 나프탈렌 냄새가 밴 헌 옷가지들과 누렇게 변한 책들, 언젠가는 소용되리라고 갈무리해두었지만 까맣게 잊힌 물건들의 무덤.

어둑한 그곳에서는 매캐한 냄새가 희미하게 나고 작은 창으로 스며든 빛 속에서 먼지가 춤을 췄다. 우리는 어지럽게 쌓여있는 짐들을 뒤져 제사에 올릴 강정이나 엿이 담긴 상자를 찾아내 부스러기를 조심조심 주워 먹으며 여자들이 나른한 표정을 짓고 있는 사진이 실린 잡지와 괴도가 나오는 만화책을 읽다 싫증 나면 새로운 것을 찾아 헤맸다. 책 무덤 사이에서 두꺼운 사진 앨범을 찾아내 열심히 들여다보기도 했다. 바랜 흑백 사진들, 세상에 더는 없을 낯선 얼굴들. 그들이 오늘 밤 제삿밥을 먹으러 온다고 생각하면 갑자기 으스스해졌다. 그러면서도 귀신도 밥을 먹고 강정과 꼬막을 먹는다고 생각하면 조금은 우스웠다. 탐험은 이내 시들해졌고 그 안에 든 게 사실 모두 시시하다는 걸 문득 깨달았지만 우리는 그곳을 떠나지 않았다. 그곳에 있는 동안 외부와 완전히 단절된 느낌이었고 비밀스러운 기분은 우리에게 매우 중요했다. 우리는 다락 안에 웅크리고 앉아 엄마가 찾으러 올때까지 기다렸다. 기차가 지나는 소리가 들려오고 나는 그대로 어디론가 가버리고 싶다고 생각했다. 동생은 오줌을 참지 못하고 다락을 탈출했다. 그것은 어쩐지 오래된 꿈같다.

어린 조카들의 손을 잡고 오목대에 올라간다. 추석 전날 한옥 마을은 여느 때보다 더 북적이지만 오목대는 한적한 편이다. 오래된 나무가 그늘을 드리운 완만한 산길을 오른다. 우리는 좀처럼 속도를 내지 못한다. 조카들이 도토리 줍기에 푹 빠졌기 때문이다. 금세 작은 손으로 동그란 도토리를 한 움큼 주웠다. 조카들은 길에서 주운 도토리를 숲 안쪽으로 던져주고 외친다. 다람쥐들아, 많이 먹어. 도토리의 주인은 산에 사는 작은 동물들이라는 걸 어린이들은 잘 알고 있다. 저기가 이모들 카페 하던 자리야. 그래? 왜 이젠 안 해? 다시 해볼까? 이모들 카페에서 쿠키도 구웠지? 그건 어떻게 알았어? 사진으로 봤지.

그런 이야기를 두런두런 나누며 함께 걷는다. 오목대 정상에는 커다란 정자가 있다. 맨발로 올라가 다리를 뻗고 앉아 조카들은 휴대폰으로 게임을 한다. 바람이 시원하게 불어온다. 백일홍이 붉게 피었고 눈을 아래로 두니 한옥 지붕이 부드러운 곡선을 그리며 펼쳐진다. 이제 철길은 사라지고 없지만 굴다리는 여전히 남아 드라마 촬영지가 되기도 했다.

나는 조카들을 즐겁게 해주려고 굴다리와 철길을 방황하는 유령들의 이야기를 들려줄지도 모른다. 조카들은 내가 해주는 이야기를 좋아한다. 먼 나라에서 불어온 바람이 전하는 이야기들. 오로라와 티롤과 뿔이 달린 사슴과 고래, 숲속의 요정과 마녀. 레몬머랭, 무슬린크림, 오렌지마멀레이드와 히비스커스 꿀리, 아몬드봉봉 같은 이국의 음식을 조카들은 궁금해한다. 인도에서 태어나 프랑스에서 살다 저 먼 우주 어딘가 노랗고 중력이 없는 별에 사는 울랄라꼬숑이라는 내 친구 얘기를 매우 좋아한다. 언젠가 자신들이 주인공으로 나오는 이야기를 써달라고 주문하기도 한다. 잘 될지 모르겠지만 일단 알겠습니다.

땀을 식힌 뒤 산에서 내려온다. 바람이 조용히 등을 밀어준다. 이제 집에 가서 전을 부치자.

추석 연휴 마지막 날이 조용히 가고 있다. 보름달에 소원을 빌었다. 하얀 달빛 아래 노란 달맞이꽃이 피어나 그림자는 희미해지고 밤은 소리 나지 않는 언어가 깊이 가라앉는다.

강한 양육법

걷기 좋은 계절이다. 오랜만에 시장 꽃집에 갔다.
국화와 구절초, 그리고 소박하면서 어쩐지 처연한
느낌이 드는 아스타 화분도 샀다. 아스타를 마당
에 심어도 되냐고 묻자 사장님은 예의 그 시원시원
한 말투로 대답한다.
꽃 좀 보고 싶든가. 근디 화분을 밖에 내놓 때는
처마 밑에 두지 말고 비도 맞히고 눈도 맞혀야 강
하게 커.
화분 대신 나는 자꾸 다른 단어를 넣어보게 된다.
꼭 나를 두고 하는 말 같기도 하다. 화분을 안고
천변에 서서 시원하게 흐르는 물을 바라보았다.
매일 조금씩 계절이 깊어진다.

비에 석류가 떨어졌다. 붉고 둥그런 과실이 새삼 신기해서 가만히 들여다본다. 내가 한 일이라곤 죽은 듯한 나무에 새 잎이 나서 무성해지고 꽃이 피고 열매가 맺는 걸 지켜본 것 뿐이다. 물 한 번 준 적 없다. 쪼개진 과실 속에 말간 보석 같은 알갱이가 꽉 들어차 있다. 석류알을 살살 혀로 굴리다 깨 무니 새콤한 즙이 퍼진다. 모양은 좀 못났지만 맛이 아주 잘 들었다. 햇살은 뜨겁고 공기에선 서늘한 가을이 느껴진다.

비 오는 오후. 커피를 두 잔째 내리고 책을 펼친 채 하염없이 창밖을 바라본다. 비 오는 날에는 종이 냄새가 짙어진다. 비에는 단 것을 당기는 성분이 함유된 게 분명하다. 우유를 끓여 홍차를 듬뿍, 생강 청을 조금 넣고 계핏가루를 살짝 뿌렸다. 동생들은 내가 만든 밀크티를 꽤 좋아해서 나중에 이 집에 카페를 내고 치앙마이 러스틱 마켓 커피 아저씨처럼 마당에서 밀크티를 끓여서 팔라고 했다. 좋은 아이디어였지만 커피 아저씨처럼 허허 웃으며 팔 자신은 없다.

소울 푸드

부모에게 받은 것 중 제일 좋은 건 내 자매들이다. 나이 먹고 보니 든 생각이다.

어렸을 땐 자매 많은 게 조금 부끄러웠다. 왠지 모르지만 그랬다. 친구들은 대개 형제가 둘이고 많아야 셋이었다. 외동인 아이가 부러웠다. 부모님의 관심과 애정을 오롯이 받은 아이는 다섯으로 나눠 받은 아이보다 귀하고 완전한 존재일 듯싶었다. 우리 자매는 대부분의 것을 나눠야 했다. 방과 책상을 함께 쓰고 옷을 물려 입고 음식을 나눴다. 내가 읽던 책을 막내가 물려받을 때쯤엔 성한 것이 드물었다. 특히 좋아했던 책들, <작은 아씨들>, <빨간 머리 앤>, <키다리 아저씨>, <토펠리우스 이야기>, <명탐정 홈스> 등은 너덜너덜해져 엄마가 테이프로 몇 번이나 수선한 가련한 모습이었다. 그래서인지 우리 자매는 제 것을 차지하는 법보다 포기와 양보를 먼저 배웠다.

우리 자매는 모두 친구를 사귀어 밖에서 놀기보다는 집 안에
서 자매들끼리 속닥거리며 노는 걸 좋아했다. 그러다 보니
싸움도 빈번히 일어났다. 머리가 빨갛고 곱슬거리는 인형이
나 마녀와 구두를 신은 생쥐가 나오는 동화책을 먼저 차지하
려는 사소한 쟁탈전이었지만 전투는 격렬했다. 대개 싸움은
호된 꾸지람과 한바탕 눈물 바람으로 끝났다. 다시는 싸우지
않겠다고 부모님께 다짐했으나 약속은 하루를 넘기지 못했
다. 절대 말하지도 같이 놀지도 않겠다고 작심했지만 3분을
넘기기 힘들었다. 비록 적이었지만 우리는 훌륭한 적수였고
무수한 전투 끝에 서로를 가장 잘 아는 사이였다. 무엇보다
우리는 친구가 별로 없었다.

완연한 가을이다. 코끝에 닿는 바람이 싸늘하고 어느 때보다 하늘색이 청아한 날에는 집에 있기가 어렵다. 멀리 사는 2번 동생이 오랜만에 놀러 왔다. 어릴 때 나와 가장 많이 싸우던 동생이다. 무엇 때문에 싸웠는지 거의 기억나지 않고 기억해 봐야 서로 부끄러울 일들이니 애써 떠올리지 말자.

집을 나서 할랑하게 걸어 전주천을 건너 은행나무를 보러 갔다. 이맘때쯤 제일 아름다워지는 은행나무가 한옥 마을 끝자락, 향교에 있다.

돌담으로 둘러싸인 마당은 고즈넉하다. 오후 햇살에 레몬색으로 빛나는 은행나무를 올려다보다 누가 먼저라고 할 것도 없이 좋다, 하고 중얼거린다. 오백 살인가 육백 살 먹은 은행나무다. 어쩌면 더 많을지도 모른다. 오래전 불에 탔는데도 살아났다고 한다.

전주가 조용하니 좋아.

바닥에 가득 깔린 노란 은행잎을 밟으며 동생이 말한다.

어렸을 때 우리는 그런 말을 해본 적 없다.

변한 게 없어.

나는 변한 게 많다는 걸 알면서도 그렇게 말한다. 동생은 무슨 말인지 안다는 듯한 표정이다.

우리가 한옥 마을이 아니라 교동이라 불린 동네에 살 때 엄마가 어린 우리 자매를 업고 걸려서 제일 만만하게 다니던 곳이 이곳 향교였다. 그때의 어린 나는 은행나무의 레몬 빛에 마음이 일렁인다고, 고즈넉함이 좋다고, 한옥의 나붓한 지붕이 아름답다고 생각한 적 없었다. 그럴 나이였다.

좋다고 느끼는 지금은 그럴 나이여서일까. 그렇다기보다는. 대부분의 것은 적당한 거리를 두고 볼 때 아름답다. 물리적 거리뿐 아니라, 심리적 거리도 필요하다.

이제 우리는 적당한 거리를 두고 볼 수 있다. 혹은 우리가 많은 것을 잊거나 잘못 기억하고 있기 때문이다. 우리 안에는 여러 개의 서랍이 있어 어둡고 힘든 기억을 담은 서랍은 좀처럼 열어보지 않다가 서랍이 있는 것조차 까맣게 잊고 마는지도 모른다. 시간이란 그런 것이다.

맛있는 걸 먹자고 했는데 동생은 몇 달 전부터 칼국수가 먹고 싶었단다. 칼국수란 명사가 우리 자매에게는 고유 명사로 통한다. 우리에게 칼국수는 베테랑 칼국수다. 성심여고 학생들이 참새의 방앗간처럼 드나들던 학교 앞 작은 분식점이던 시절, 칼국수 한 그릇에 오백 원일 때부터 다니던 곳이다. 내게는 최초이자 제일 오래된 단골집인 셈이다. 지금은 원래 있던 자리 근처 큰 건물로 옮겼고 관광객들이 많지만 여전히 주민들도 즐겨 찾는다. 전주 사람치고 베테랑 칼국수 안 먹어본 사람은 없을 것이다. 국물에 달걀을 풀고 들깻가루와 김 가루, 고춧가루를 듬뿍 뿌려내는 다소 독특한 칼국수는 묘하게 중독성이 있다.

한 그릇 먹고 나니 배가 든든해지고 세상도 조금 부드럽게 보인다. 그러니까 우리에겐 이 칼국수가 소울 푸드 같은 것인가 보다.

집의 기억

다들 어린 시절을 얼마나 기억하는지 궁금하다. 나는 신기하리만큼 거의 기억이 없다.

전주가 고향이라고 말하지만 내가 태어난 곳은 장수의 하월리라는 시골 마을이다. 아빠의 고향이고 오래전에 돌아가신 내 조부모가 살던 곳이다. 그곳에 부모님의 신혼집이자, 내 생애 첫 집이 있었으나 기억은 거의 없다.

어슴푸레 생각나는 건 집을 둘러싼 나지막한 싸리나무 울타리다. 여름이면 울타리에 하얀 꽃이 피었는데 싸리나무꽃이었겠지만 웬일인지 찔레꽃이라고 기억한다. 누군가 찔레꽃이라고 가르쳐줬던 걸까. 알 수 없는 일이다. 그게 진짜 내 기억인지도 잘 모르겠다. 재롱이라는 강아지를 굉장히 귀여워했다는 것도 삼촌들이 나를 무척 예뻐했다는 것도 하루는 엄마가 할머니한테 아주 좋은 도마를 얻어 왔는데 내가 그날부터 눈을 이상스레 깜빡거려서 도마를 도로 갖다주고 나니 증상이 사라졌다는 것도 다 엄마에게 들은 이야기지, 내 기억은 아니다. 그런데도 나는 생생하게 그려낼 수 있다. 짧은 단발머리에 멜빵 바지를 입고 한쪽 귀만 쫑긋 선, 눈이 순한 강아지를 안고 있는 내 모습, 젊은 삼촌의 품에 안긴 어린 나는 활짝 웃고 있다. 사진으로 봤기 때문이다. 전해지는 이야기와 몇 개의 이미지, 기억은 그런 식으로 축적되는지도 모른다.

집에 대한 첫 기억은 집 앞으로 전주천이 흐르던 교동의 한 주택이다. 내가 서너 살 때쯤 우리 가족은 살던 곳을 떠나 교동으로 이사해 문간방에 세 들어 살았다. 그때는 대부분 세를 주기 위해 부엌이 딸린 방을 따로 두곤 했다. 그 집 마당에는 그네가 있었다. 나는 이사한 날부터 온통 그네에 관심이 쏠려 있었다. 한번 타보고 싶어 죽을 지경이었다. 하지만 쉽지 않았다. 주인집에는 나와 나이가 엇비슷한 남자애가 있었는데, 그 애는 내가 그네에 슬쩍 올라타면 마치 안에서 그 순간만 기다렸던 것처럼 쪼르르 달려 나와 "우리 그네야. 타지 마." 하며 그네를 흔들어 나를 떨어뜨렸다. 그러면 나는 엄마에게 달려가 "저 그네 우리 것도 되지?" 하고 서럽게 울었다. 얼마나 서러웠는지 그 남자애 이름을 아직도 똑똑히 기억하고 있다. 물론 그네도 생생히 기억한다.

그때부터였다고 한다. 엄마가 어서 내 집을 마련하고 싶었던 것은. 아마 마당이 있고 그 마당에 그네를 둔 집을 꿈꿨

을 것이다. 하지만 부모님의 내 집 마련의 꿈은 쉽게 이뤄지지 않았다. 마당에 그네 있던 집에서 이사 나온 뒤에도 우리는 한동안 셋방을 전전했다. 한번은 교동의 한옥 문간방에 살았다.

한옥이어서 좋았는가 아닌가를 인지하기에 나는 너무 어렸다. 그나마 좋은 건 그 집은 고모 댁, 그러니까 아빠의 누님 집이어서 내게 그네를 타지 말라는 둥, 마당에서 놀지 말라는 둥, 강짜를 놓는 주인집 애는 없다는 거였다(어차피 그네도 없었다). 교동에는 고모 세 분이 서로 엎어지면 코 닿을 거리에 살았는데 모두 한옥에 거주하셨다. 고모들은 나이 차 많이 나는 막냇동생의 딸에게 품을 정도의 관심, 즉 특별히 예뻐하지도 싫어할 것도 없는 정도의 애정을 보여주었다. 그들은 자신의 자식들을 돌보는 것만도 벅찼다. 어린 내가 봐도 여간 깐깐한 성격이 아닌 고모부들은 의외로 내게 관대했다. 집 담벼락을 온통 크레용으로 낙서한 철없는 나를 허허 웃으며 용서해주었다. 하지만 그럴 때마다 엄마의 마음은 까맣게 타들어 갔으리라. 시누이와 한 담장 안에 사는 엄마의

처지는 녹록지 않았을 것이다.

얼마 뒤 부모님은 드디어 내 집 마련의 꿈을 이루었다. 그것도 설계부터 마지막 벽돌 올리는 것까지 일일이 관여하고 감독해 지은 집이었다. 마당에 그네는 없었지만 아쉬울 것 없이 구석구석 반짝거리는 새집이었다. 물론 문간방도 만들어 세를 주었고 나는 세 들어 사는 집 아이에게 텃세 같은 건 절대 부리지 않았다. 하지만 그 번듯했던 새집에서 오래 살지 못했다. 처음 계획과 달리 공사 비용이 예산을 훨씬 초과해서 대출금과 이자를 감당하지 못한 탓이었다. 제 손으로 직접 지은, 처음 가져본 집을 오래 살지 못하고 팔고 난 뒤 헛헛한 마음으로 다시 집을 구하러 다니던 부모님의 눈에 들어온 게 바로 마당 넓은 빨간 벽돌집이었다.

이 집에 이사 왔을 때 내 부모는 30대 중반이었고 셋째는 기저귀를 차고 엄마 등에 업혀 있었다. 두 명의 아이가 이 집에서 더 태어나고 다섯 자매가 마당을 떠들썩하게 뛰어놀며 자라 시간이 흘러 하나둘 떠났다. 다시 긴 시간이 지난 뒤 자매들을 닮은 작은 아이들이 이따금 방문하면 마당은 다시

그 옛날의 맑고 높은 웃음소리로 가득 찬다. 이 집은 우리 자매의 둥지였으며 가족의 작은 역사인 셈이다.

이 집에 이토록 오래 살리라고 부모님은 알았을까? 더는 자주 이사하지 않고 남의 집 문간방에 세 들어 사는 일도 없이, 이 집에서 기쁘고 좋은 일이 많이 일어나길 바라는 마

음만은 간절했을 것이다. 누가 뭐래도 우리 집,이라고 부를 수 있는 집이 생긴 것이다. 집은 오랫동안 우리 집,이었으며 지금은 내 집이 되었으나 어쩐지 여전히 우리 집,이라고 말하게 된다.

타인의 집

일주일에 한 번 화분에 물을 준다. 잎까지 흠뻑 젖은 식물은
여름 소낙비를 맞은 듯, 기쁨에 넘쳐 와와 소리 지르며 생생
하게 살아난다. 웅장한 몬스테라를 갖고 싶었다. 무성한 야
자수도 꿈꿨는데 신통치 않다. 많은 화분이 집을 거쳐 갔다.
한동안 집 안에 두고 보다가 마당에 심기도 했고 시들해지다
끝내 회생하지 못한 식물도 있다. 물주기가 문제였을까, 바
람과 빛이 적절하지 않았나. 식물 저승사자는 아무래도 나를
가리키는 말인 것 같다.

길게 집 비우는 일이 잦아서 반려 식물은 들이지 않고 살았
다. 치자 화분을 하나 샀다가 열흘 여행 갔다 오니 말라 죽
어 있어서 그다음부터는 집 안에 뭘 키울 생각하지 않았다.
봄이 올 무렵 물에 꽂아 두고 보는 히아신스 구근이나 하나
사는 게 고작이었다.

예전에 한 시인과 인터뷰한 적 있다. 여행 작가로도 유명한
시인은 길고 잦은 여행으로 집을 비울 때마다 이웃에 사는
소설가에게 화분에 물 주기를 부탁한다고 했다.

나는 한 장면을 떠올렸다.

소설가는 아침을 먹고 집안일을 대충 마치고 부탁받은 임무
를 수행하러 이웃 시인의 집으로 간다. 집주인이 여행 가서
없는 줄 알면서도 소설가는 집 앞에서 잠시 인기척을 살피
고 들어가 간밤에 무사한지 집 안을 둘러보고 창을 열어 환
기를 시키고 베란다와 거실, 주방, 시인의 서재에 놓인 화
분에 차례차례 물을 주고, 자주 물 주면 안 되는 화분은 대
신 볕을 쬐게 내놓는다. 시인이 돌아왔을 때 떠날 때와 마

찬가지 상태이길 바라는 마음에서 부탁받지 않았지만 청소기로 바닥을 위잉, 위잉 닦고는 다시 화분을 제자리에 돌려놓고 창을 닫고 집 안을 돌아본 뒤 자신의 집으로 돌아가 소설을 쓴다. 그동안 시인은 베니스나 부다페스트의 골목길을 걷고 있을 것이다.

시인은 집에 사람들을 초대해 음식과 술과 이야기 나누기를 좋아한다고 했다.

요리 잘하시나 봐요, 묻자 시인이 대답했다. 못하진 않아요. 주저 없는 목소리였다.

언제 누가 찾아와도 간단한 안주 정도는 뚝딱 만들어 낼 수 있는 식재료가 갖춰진 냉장고, 향과 맛을 더할 향신료가 빼곡한 선반과 날 잘 선 칼과 견고한 도마, 음식의 모양새를 더해 줄 그릇들이 가지런히 정리된 시인의 부엌을 나는 잠시 상상해봤다. 상상과 똑같지 않더라도 아주 다르지는 않을 것이다.

나는 종종 타인의 집을 궁금해한다. 어느 동네의 어떤 아파트, 몇 평인가는 궁금함의 영역에서 일찌감치 제외된다. 창밖으로 숲이 내다보이고 울창한 나무 사이로 뻗은 조붓한 산책로와 귀여운 빵집과 작은 책방과 단정한 꽃가게가 있는 동네가 궁금했던 적은 있다. 대리석 바닥이나 유행하는 가구와 고가의 가전제품보다는 책장에 꽂힌 책이나 벽에 걸린 그림, 주방에 놓인 시리얼 박스나 과일 접시 같은 것에 눈이 갔다. 그곳에 있는 삶의 흔적들이 나는 궁금하다.

창가에 화분을 두는 사람과 주방에 맞춤한 주방 도구와 그릇을 갖춘 사람과 고양이를 기르는 사람과 벽면을 가득 메운 책장을 가진 사람의 삶의 형태는 조금 다를 것이다. 하지만 어떤 집에 살고 있느냐가 그 사람의 전부를 보여주는 건 아니다. 각자에겐 현재의 형편과 상황이란 게 있다.

그러나 어떤 집에서 어떻게 살고 싶은가에 대한 생각을 지니고 있고, 그것을 잊거나 잃지 않는다면 결국 그것이 그 사람의 삶의 태도가 된다고 생각한다. 그리하여 그는 자신의 집 하나를 품게 된다.

사과의 서사

쓰레기를 버리러 나갔다가 길에서 작은 사과 트럭을 만났다. 노란 플라스틱 박스 안에 빨갛게 익은 사과가 가득 담겨 있다. 작아도 진짜 맛있다며 먹어보라고 칼로 사과를 잘라 내민다. 사과를 파는 이는 젊은 여자 둘인데 자매라고 했고 과연 그러고 보니 닮았다. 부모님이 기른 사과를 어제 가족이 모두 모여 따서 팔러 왔다는 서사에 반해 사과를 샀다. 그런 이야기를 나는 좋아하는 편이다. 자매 중 언니가 소리 내어 개수를 세며 사과를 골라 봉투에 담는다. 만 원에 서른 개라는데 다섯 개나 더 담는다.

매일 아침 사과를 먹는다. 사과를 좋아하냐고 묻는다면 그렇다고 할 수 있지만 제일 좋아하는 과일은 무화과다. 내게 사과는 일상의 과일이다. 아침에 일어나 물 한 잔, 그리고 사과 한 개. 오래된 습관이다. 정확한 시간에 밥과 간식과 놀이를 요구하는 규칙쟁이 고양이처럼, 나는 다소 제멋대로이지만 대체로 습관에 충실한 편이다. 변화를 싫어하지만 지루함은 견디지 못한다. 집 밖에 나가기 싫어하지만 늘 떠나고 싶다. 내 고양이는 규칙을 좋아하는 변덕쟁이고 우리는 조금 닮은 것 같다.

여행지에서 시장이나 마트에 가길 즐기고 늘 눈길이 멈추는 곳은 매대에 가득 쌓인 사과다. 레드딜리셔스, 매킨토시, 갈라, 조나레드, 허니크리스피, 핑크레이디, 암브로시아, 그래니스미스, 골든딜리셔스. 사과 매대 앞에서 나는 그리운 이를 부르듯 설레며 사과의 이름을 읽어본다. 처음 보는 사과가 궁금해서 종류별로 한 개씩 사서 가방에 넣고 종일 돌아

다니다 늦은 밤 호텔 방에서 먹었다. 호텔 방에는 과도가 없어 물에 씻어 통째로 베어 먹었다. 아삭아삭 사과를 베어 먹으면 왠지 안도감이 든다. 낯선 여행지에서 잠시 일상으로 돌아오는 기분이랄까. 일상이 지겨워 여행을 떠난 주제에 이 무슨 청개구리 같은 짓인가 싶지만. 여행에서도 좋아하는 일상은 지속하고 싶고 그중 하나는 사과를 먹는 것이다.

한번은 뉴저지 부근의 도로를 달리다 차를 세운 적이 있다. 줄곧 나타나는 길가의 탁자들이 궁금해 더 참을 수 없었기 때문이다. 차가 멈추자 기다렸다는 듯이 탁자 뒤에서 여자가 활짝 웃으며 나타났다. 여자는 노란 체크무늬 앞치마를 둘렀고 비슷한 무늬의 테이블보가 씌워진 탁자 위에는 사과를 가득 담은 바구니가 조르르 놓여 있었다. 바구니 주위로 호박색 액체를 담은 병, 머핀과 쿠키가 담긴 접시가 소담하게 차려져 있고 작은 사과가 달린 나뭇가지와 야생화로 장식했는데 색 조합이며 매치가 어찌나 절묘한지 그대로 '마사 스튜어트 리빙'잡지에 실어도 될 것 같았다. 여자는 사과를 하나 건네며 아침에 농장에서 딴 거라고 했다. 여자의 뒤로 끝이 보이지 않는 사과 농장이 이어졌다. 나는 눈을 가늘게 뜨고 농장에 집이 있나 유심히 살폈다. 농장 가운데에 있는 집을 나는 동경하였다. 흐드러지게 피어난 하얀 사과꽃에 둘러싸인 집은 다소 낭만적인 기분이 들게 한다. 집은 보이지 않았지만 병에 담긴 호박색 액체의 정체는 알아냈다. 집에서 만든 애플 사이다라고 했다. 햇살이 닿은 여자의 굽슬굽슬한 머리카락이 애플 사이다 색처럼 빛났다.

늦은 밤 호텔 방에서 유리병을 열자마자 달고 진한 냄새가 퍼졌다. 인디언 썸머의 눈부신 태양과 노란 야생 꿀과 하얀 마거릿, 언덕을 타고 끝없이 펼쳐진 사과 농장에 희미하게 퍼진 새벽안개와 그 사이로 빛나는 붉은 과일에서 풍기는 감미로운 냄새. 진하고 향기로운 호박색 액체를 마신 뒤 나는 그대로 꿈도 없는 깊은 잠속으로 굴러떨어졌다.

아침에 일어나 자매가 골라준 사과를 먹었다. 아삭아삭. 새콤달콤한 즙이 입 안에 퍼진다. 자매의 부모님은 과연 훌륭한 사과를 키워냈다.

두 번째 이사

달도 없는 차가운 밤, 잠에서 깼다. 밖에서 들려오는 가냘픈 울음소리. 나는 겉옷을 걸치고 밖으로 나갔다. 마당을 배회하는 작은 그림자. 여름이의 아기였다. 아기는 나를 보고 도망치는 것도 잊고 애달피 울었다.

8월 말에 또 새끼를 낳은 여름이는 부지런히 먹이를 물어 날랐다. 내가 아는 것만 해도 세 번째 출산이었다. 고양이의 모성애가 대단함을 나는 여름이를 통해 알았다. 여름이는 새끼를 정말 예뻐해서 지극정성으로 키웠다. 하지만 임신과 출산, 육아의 고단함이 그 작고 애처로운 몸에서 오롯이 느껴졌다. 반복되는 임신과 출산의 고리를 끊어보려 했지만 번번이 타이밍을 놓치고 말았다. 짐작건대 여름이는 앵두와 자두를 낳고 수유 기간이 끝나자 바로 임신한 것 같다. 이번엔 몇 마리나 낳았을지, 또 얼마나 예쁠지 궁금했지만 그보다

걱정이 앞섰다. 아가들은 건강한지 묻자 여름이는 대답 대신 먹이를 물고 재빨리 떠났다. 식욕이 왕성한 아이들이구나 싶어 조금은 안심이 됐다. 먹이를 넉넉히 챙기는 것 말고는 여름이의 육아 노고를 덜 방법을 달리 몰랐다.

마당의 단풍나무가 붉은색으로 물든 어느 날, 여름이가 아기들을 마당에 데려왔다. 삼색이와 고등어 무늬, 까망이, 셋이었다. 까망이는 겁이 많은지 날 보자마자 쏜살같이 도망치고 고등어 무늬 아가는 덤불 속에 숨어 무섭다고 삐용거렸다. 제일 작은 삼색이만 배짱 두둑하게 엄마 옆에서 밥을 먹었다. 어찌나 잘 먹었는지 아가 셋 다 오동통했다. 작은 공 같은 것들이 꼼지락거리고 꼬물거리고 뒤뚱뒤뚱 걷고 하품하고 기지개를 켜고 분홍빛 입을 오물거리고 삐용삐용 울고 깡충깡충 뛰어다닌다. 어린 것들은 어쩌자고 이토록 예쁠까. 몽글몽글하고 폭신폭신한 아가들을 바라보고 있는 동안 기쁨과 함께 서글픔이 가득 차올랐다. 까망이와 고등어 아가는 지난여름 고양이 별로 떠난 자두와 앵두를 똑 닮았다.

이번에는 아가들의 이름은 짓지 않기로 했다. 아가들을 보자마자 떠오른 이름이 있지만 애써 외면했다. 앵두와 자두가 떠난 지난여름 우울이 깊고

길었다. 나는 아가들에게 너무 정을 주지 않기로 결심했다.
그것은 아가들이 아닌 나를 위하는 이기적인 마음이다. 그
저 밥을 든든하게 줄 뿐, 그뿐이라고 이기적으로 단단히 마
음먹었다.

여름이와 아가들은 매일 아침 마당에 와서 밥을 먹고 잠시
놀다 떠났다. 저녁때는 여름이만 혼자 와서 밥을 먹고 늦은
밤까지 여러 번 먹이를 물어 옮겼다. 아가들은 여전히 나를
경계했다. 여름이는 훌륭한 양육자였다.

깊은 밤, 마당에서 울고 있는 건 삼색 아가였다. 제일 몸집이 작지만 호기심 많고 발랄하며 엄마를 가장 좋아하는 아기. 그런 아기가 혼자 이런 시간에 나타나다니 여름이와 다른 아기들에게 무슨 일이 생겼나 가슴이 덜컥 내려앉았다. 어쩌면 엄마가 사냥을 나간 사이 잠에서 깨어 엄마를 찾아다니다 길을 잃었는지 모른다. 나는 여름이가 아기를 찾으러 오길 기다렸다. 뺨이 싸늘해지고 여름이는 나타나지 않고 아가는 울다 목이 쉬었다. 오늘 밤 아기가 쉴 곳을 마련해야 할 것 같았다. 창고 앞에 둔 집에 담요를 깔고 아기가 좋아하는 간식을 두었다. 똑똑한 아기는 해야 할 일이 뭔지 잘 알았다. 간식을 먹고 잠시 집을 살펴본 아가는 안으로 들어가 담요 위에 동그랗게 앉았다. 그리고 다음 날 여름이네 식구가 이사 왔다. 나는 담요와 핫팩을 주문했다. 아가들은 새집

이 제법 마음에 드는 눈치였다.

이사 소식을 들은 조카가 아가들의 이름을 지어줬다. 까망이, 고등어, 삼색이 순으로 첫둥이, 둘둥이, 셋둥이다(이름에 대한 항의는 조카에게 하길 바란다). 겨울이 가파르게 깊어졌다.

빛이 깊어지고 연거푸 찻물을 올리는 계절이 왔다.

하늘은 차고 푸르고 공기에서 겨울 냄새가 희미하게 난다.

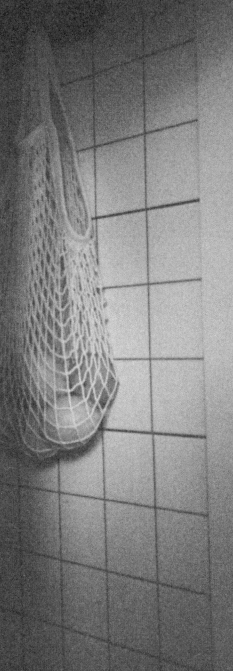

눈과 팬케이크
시나몬의 겨울

수프가 맛있어지는 계절이다. 서랍에서 꺼낸 스웨터에서 희
미하게 지난겨울의 냄새가 난다.

겨울의 전령사

군고구마를 나눠 먹는 다정한 오후. 나는 커피를 내리고 펼친 책의 같은 곳을 반복해서 읽는다. 만세를 하고 누운 고양이의 배는 작게 오르락내리락하고 그것을 보느라 도무지 책에 집중할 수 없다. 마당에는 희붐한 빛이 어려 있어 그것은 빛이라기보다 잠시 드리웠다 사라지는 희미한 그림자 같다.

오래된 이 집은 단열에 취약했다. 게다가 근검절약이 몸에
밴 아빠는 난방 온도를 낮추는 데 열심이라 어린 자매들은
늘 거실에 옹기종기 모여 있곤 했다. 커다란 창으로 비치는
볕 덕분에 따스한데다 난로가 있기 때문이었다. 작은 난로
위에는 귤껍질을 넣은 주전자가 끓고 우리는 난로 주변에서
딱히 하는 일 없이 뒹굴뒹굴했다. 흥미진진한 일이라곤 카펫
에 그려진 꽃이 몇 개인지 세보는 것뿐이었다. 주전자 대신
올려둔 고구마나 떡이 맛있는 냄새를 풍기고 어린 자매들은
겨울 간식을 우물거리며 누군가 기다리는 것처럼 아무도 찾
아올 일 없는 마당을 바라보았다. 조금 무료했고 겨울에 어
울리는 무료함이었지만 어린 자매들이 기다린 건 어쩌면 하
얀 눈이었는지도 모른다.

오래전 미국의 한 대학교 기숙사에 한동안 산 적 있다. 좁은
복도를 사이에 두고 양쪽으로 방이 길게 이어지고 건물 가운
데에 커다란 거실과 공동 주방이 있었다. 주방은 협소해서
본격적인 요리를 하기에는 무리였고 음식을 데우기 위해 전
자레인지와 오븐을 사용하는 정도였다. 주방 한쪽에 있는 커
다란 냉장고는 남거나 잊힌 음식이 쌓인 음식물 쓰레기통이
었고 먹을 만한 것은 각자 방에 있는 작은 냉장고에 보관했
다. 나는 주로 방에서 식사했다. 시리얼과 우유, 혹은 잼을
바른 빵과 커피 한 잔을 아침으로 먹고 점심과 저녁은 학교
식당을 이용하기도 했지만 대개는 매점에서 산 샌드위치 같
은 것을 티브이 앞에서 먹었다. 룸메이트가 있었지만 신입생
이고 축구선수였던 그는 늘 바쁘고 친구가 많아서 얼굴 보기
가 힘들었다. 조금 고독했고 긴장한 채로 잠들고 깨어났다.
꿈마저 이국의 언어로 꾼 날이면 깨어나서도 이곳이 어딘지
한참 어리둥절하였다.

대학교가 있는 도시는 높고 험준한 산으로 둘러싸인 곳이었다. 인구는 적고 쇼핑몰과 영화관이 있는 시내를 벗어나면 길에서 말과 노루를 흔히 만날 수 있었다. 볼거리도, 즐길거리도 딱히 없는 소박한 곳이었지만 겨울이면 지붕에 스키를 올린 차들이 도시로 몰려들었다. 험준한 산에 눈이 내려 멋진 스키 슬로프로 변모했기 때문이다. 겨울에 엄청난 눈이 온다고 들었으나 어느 정도인지 나로서는 가늠할 수 없었다. 그들과 내가 생각하는 엄청남의 정도는 상당히 달랐다. 어느 날 아침이었다. 잠에서 깼을 때 평소와 달랐다. 조용했다. 단순히 조용하다기보다 소리를 통째로 뺀 것 같은 고요함이었다. 창 커튼을 젖히고 나는 말을 잊었다. 놀라움과 당혹이 지나간 뒤 어이없는 웃음이 나왔다. 쌓인 눈이 창을 온통 가리고 한 뼘쯤 되는 햇볕이 간신히 스며들었다. 한 뼘 틈으로 희붐한 밖을 멍하니 바라보고 있을 때 복도에서 방송이 들려왔다. 한 달에 한 번 소방 훈련을 할 때 말고는 울려 퍼진 적 없는 방송에 귀 기울이자 폭설로 모든 수업은 휴강이고 눈을 치울 때까지 교내 시설이 다 문을 닫는다고 했다. 즉, 끼니를 해결할 학생 식당과 매점도 휴점이란 얘기였다.

기숙사에서 제일 가까운 편의점까지는 캠퍼스를 가로질러 걸어서 30분 정도, 가장 가까운 식당인 써브웨이가 그 옆에 있었다. 그것도 눈을 치운 다음에 가능한 얘기였다.

눈 때문에 학교에 가지 못하기는 난생처음이었다. 이런 상황이 당황스러우면서도 조금 흥분됐다. 누군가에게 전화해서 나 눈에 갇혔어! 하고 외치고 싶었다. 세상 끝, 깊은 숲속, 작은 통나무집에 사는 소녀가 커다란 눈 신발을 신고 하얀 눈 속을 걷는 이야기를 어릴 적에 읽은 적 있다. 발자국이 남아 있는 숲을 그린 삽화에 가슴이 두근거렸다. 나는 조금 낭만적인 기분으로 창밖을 내다봤다. 눈은 곧 치울 것이다. 엄청난 눈은 이 도시에 흔한 일이고 처리 또한 능숙하리라. 일단은 휴강이다. 느긋한 마음으로 커피포트의 스위치를 눌렀다.

다시 눈이 내리기 시작했다. 한 뼘 남짓한 빛은 삽시간에 사라졌다. 아침인데도 어둑한 방 안에는 반쯤 남은 우유 팩과 바닥을 보이는 시리얼 상자, 쿠키 반 상자가 있었다. 봄이 올 때까지 쿠키 반 상자로 버틸 수 있을지 진지하게 고민하고 있을 때 노크 소리가 났다. 문을 여니 기숙사 복도에서

몇 번 인사를 나눈 적 있는 얼굴이었다. 늘 발그레한 빰으로 수줍게 웃는 게 귀엽다고 생각했던 그 애가 Hi! 라고 인사를 건네고는 지금 다들 주방에서 아침을 준비하고 있는데 괜찮다면 함께 먹자고 했다. 머뭇거리는 나를 그 애는 미소로 잠시 기다려주었고 복도에서 달콤한 냄새가 풍겨왔다. 내가 고개를 끄덕이자 겨울 산에서 내려온 요정이 분명한 그 아이는 활짝 웃고는 전령을 마저 전하기 위해 옆방으로 건너갔다. 거실에 기숙사생들이 모두 모여 있었다. 바닥에 깐 커다란 초록색 담요, 가벼운 인사와 웃음소리, 접시와 포크가 부딪치는 소리, 수북이 쌓인 팬케이크. 팬케이크 접시가 손에서 손으로 건네졌다. 아마도 자신의 방에 있던 것들, 팬케이크 믹스와 우유, 달걀, 버터, 메이플 시럽 등을 탈탈 털어 공동 주방에서 함께 만들었을 팬케이크는 모양은 조금 엉성하고 살짝 타거나 가운데가 덜 익기도 했지만 따뜻하고 포근했다. 둥글게 모여 앉은 소녀들은 마법에 걸린 듯, 말을 잊은 입가에 미소를 띠고 눈은 창으로 향해 있었다. 하얀 눈으로 지워진 길, 지나는 이는 아무도 없었다. 멀리 높고 험준한 산은 부연 안개에 가려 사라졌다. 나는 어쩌면 이곳이 세상의 끝일지도 모른다고 생각했다.

부드러운 침묵과 달콤한 냄새가 떠다니고 남은 팬케이크는 넉넉했다. 눈이 그치고 햇살이 비쳐 하얀 눈을 뒤집어쓴 진녹색 침엽수가 반짝반짝 빛났다. 팬케이크는 다정한 음식이라고 나는 기억하게 되었다.

나는 창밖을 내다본다. 마당에 어린 고양이들이 뛰어노느라 분주하다. 부쩍 털이 북실북실해지고 작은 몸이 둥글둥글해졌다. 그것으로 추위를 견딜 수 있을까. 여름이네 가족은 서로의 온기에 의지해 밤을 견딘다. 좁을 것 같아 집을 하나 더 두었지만 한사코 마다하고 한집에서 넷이서 꼭 껴안고 잔다. 춥고 긴 밤일 것이다. 아침이면 아가들이 조르르 발 모으고 앉아 나를 기다린다. 얼마 전까지 삐용삐용 울며 도망치기 바쁘던 아가들은 이제 제법 나를 반기는 눈치다. 추위에 배라도 든든하라고 종일 먹였더니 어린 고양이들은 호빵을 닮아 간다. 나는 호빵이 좀 귀여운 편이라고 생각하고 호빵을 닮은 어린 고양이들은 겨울 세상에서 제일 귀여운 존재들이다.

나는 겨울을 좋아하지 않지만 기억하는 겨울 풍경들이 좀 있고 그것을 떠올리면 어쩐지 가슴 한쪽에 따스하고 몽실몽실한 것이 가만히 부풀어 오르는 기분이 든다. 고양이들과 함께 보낸 겨울을 나는 오랫동안 기억하게 되리라 예감한다. 그것은 아마도 조금 애처롭고 다정한 풍경일 것이다.

사부작사부작 준비하는 크리스마스. 호기심 많은 고양이는
열심히 참견한다.

가문비나무 잎에서 깊은 숲 냄새가 난다. 하얀 눈과 진녹색
잎, 지워진 길 위를 걸어간 작은 발자국, 나무 사이에서 나
타난 다리가 긴 사슴의 등에는 흩뿌린 눈의 무늬가 있었다.
그날은 어쩌면 크리스마스였을지도 모른다.

크리스마스의 마켓

지난겨울은 이사 준비로 분주했다. 사실 분주했던 건 마음뿐이고 동면에 든 곰처럼 몸은 좀처럼 움직이지 않았다. 가까스로 힘을 내어 집 밖에 나간 건 숲속에서 열리는 마켓에 가기 위해서였다. 크리스마스 이브였다.

공기는 싸늘하고 햇살이 맑다. 화이트 크리스마스를 보기는 어렵겠다는 일기예보를 들었지만 조금은 기대하는 마음으로 차창을 내다본다. 내비게이션이 가리킨 길은 점차 좁고 구불구불해지고 급기야 야트막한 산으로 이어진다. 커다란 침엽수 사이로 달리며 이 길이 맞는 걸까, 하는 순간 목적지에 도착했다는 안내가 나오고 우리는 뭔가에 홀린 듯, 어리둥절해서 차에서 내려 두리번거린다. 그리고 진녹색 나무 사

이로 집 한 채를 발견했다. 제대로 찾아온 것 같았다. 리스가 걸려있는 현관문을 나서는 사람들의 얼굴에 미소가 어려 있었다. 마치 그 안에서 무척 아름다운 것을 보고 나온 듯.

킨스마켓(keens market)은 계절마다 한 번, 일주일 남짓 열리는 팝업 스토어로, 주로 북유럽 미드센트리 가구와 빈티지 그릇, 오브제, 조명과 패브릭 등을 판매한다. 살짝 휘어든 좁은 길 끝에 숨은 듯 위치한 스튜디오는 한숨이 날 만큼 근사했고 그 안에는 수수하지만 솜씨 좋은 가구들과 근사한 오브제가 조화롭게 놓여 있었다. 오래됐지만 소중히 다루며 사용한 흔적이 남아 있는 가구와 은은한 광택을 지닌 빈티지 그릇들에 눈길이 오래 머물렀다. 어째서인지 나는 그런 것들을 좋아하는 편이다.

공들여 요리하고 차려 먹는 편은 아니지만 내 그릇장 속에는 프로방스의 벼룩시장에서 산 접시와 튀르키예의 공방에서 산 도자기 볼, 스웨덴 빈티지 마켓에서 저렴한 가격에 건

진 우아한 커트러리, 핀란드의 아웃렛에서 산 아라비아와 이
딸라의 접시와 귀여운 무민 머그, 교토의 오래된 가게들에서
산 단정한 그릇과 물고기 모양의 수저받침, 치앙마이의 일주
일에 한 번 열리는 마켓에서 산 빈티지 유리컵과 대나무 트
레이가 가지런히 놓여 있다. 드물게 집에 손님이 오는 날은
아끼는 그릇을 꺼낸다. 멀리 있는 가게에 부러 들러 산 케이
크와 과자를 담아낸다. 차를 마시고 과자를 먹으며 이야기
를 나누다 혹 눈썰미 좋은 손님이 아, 예쁜 접시네요, 하고
말해주면 기쁘지만 그러지 않아도 대접하는 마음은 이미 흐
뭇하다. 어쩐지 나를 위로하고 싶은 어느 날, 화사한 접시를
꺼내 과일을 씻고 빵을 썰어 담으며 그릇을 샀던 작은 가게
와 포장한 그릇을 안고 가게에서 나와 조금 들떠서 웃으며
걸었던 거리를 생각한다. 내 그릇장에 놓인 것들은 둥그런
모양을 한 기억들이다.

헬싱키의 도심을 빠져나간 트램을 한참 타고 내린 곳은 오래된 나무가 많은 단정한 주택가였다. 알토 하우스를 찾아가는 길이었다. 알바 알토가 설계하고 아내인 아이노가 내부를 꾸미며 가족이 살던 집을 정해진 시간에 가이드와 함께 둘러볼 수 있었다. 늦지 않기 위해 서두른 탓에 예약 시간까지 여유가 있어 동네를 잠시 산책했다. 깨끗한 거리는 차분하고 느낌이 좋아 울타리 너머 집들을 구경하며 걷다 보니 갑자기 바다가 나타났다. 전혀 예기치 못한 풍경을 바라보며 나는 이런 동네에 살아보고 싶다고 생각했다. 여행하다 보면 살아보고 싶은 도시가 있다. 처음인데도 어쩐지 낯설지 않은 곳이 있다. 하얗게 빛나는 자작나무의 숲과 깊고 푸르스름한 밤, 고요한 호수와 호수를 비추는 별의 그림자. 어쩌면 나는 나를 기다리고 있었던 것 같은, 세상 어딘가의 장소를 찾아 떠나는지도 모른다.

알토 하우스를 안내한 가이드는 입고 있는 강렬한 붉은 트위드 투피스 때문인지, 아니면 허스키한 목소리 때문인지, 혹은 날카로운 뿔테 안경 때문인지 매우 인상적이었는데 거실과 서재의 경계 부분에 멈춰서더니 자세히 보지 않으면 눈치채지 못할 벽의 문을 가리키며 문 뒤에 작은 다락방이 있다고 알려줬다. 알바 알토는 만나기 싫은 손님이 오면 다락방으로 숨곤 했단다. 그렇게 커다란 사람이 어떻게 이런 작은 방에 숨었는지 미스테리지만요. 가이드는 지금 생각해도 웃겨 죽겠다는 듯이 발작하듯 웃었다.

그러니까 알토는 집에 알코브를 만든 것이다. 알코브란 방의 벽 일부에 만든 오목한 공간을 말한다. 방 안에 존재하는 또하나의 작은 방, 공간과 공간 사이의 틈이며 내밀한 장소다. 알토는 자기만의 작은 은신처가 필요했던 모양이다. 어딘가로 숨어들고 싶은 건 본능일까. 종일 먹이를 찾아 헤매다 밤이면 나뭇잎 사이에 숨겨진 둥지를 찾아드는 새와 땅속 동굴로 기어드는 토끼처럼, 힘든 하루를 보내고 우리는 어김없이 집으로 돌아간다. 세상 어딘가에 몸을 누이고 편히 쉴 수 있는 장소가 있다는 건 지극히 당연하고 사소한 듯하지만 실은 굉장히 대단한 일일지도 모른다. 그 안에서 숨은 듯, 안전하고 평온한 느낌이 든다면 우리는 그곳을 집이라고 부를 수 있을 것이다. 집은 세상으로부터 나를 숨기고 따스한 위로를 건네는 알코브다.

벽 한 면이 온통 커다란 창으로 되어있는 거실에 도착하자 관람객들은 감탄의 소리를 내고 경외의 눈으로 두리번거린다. 그럴 줄 알았다는 듯이 미소 지은 가이드는 너그럽게도 잠시 머물 시간을 주었다. 거실의 의자는 창을 향해 놓여 있고 관람객들은 모두 그 유명한 알토의 의자에 앉아 창밖을 바라봤다. 담쟁이가 붉게 물든 소박한 정원이 보였고 나는 이렇게 앉아 있는 동안 눈이 내리면 좋겠다고 생각했다. 아름다운 집이었다. 화려하고 으리으리한 것과는 거리가 멀다. 어떤가 하면 만나면 딱히 하는 일도 없지만 지루하지 않고 말없이 함께 있는 것만으로도 어쩐지 편안한, 조금 수줍지만 속 깊은 친구 같다. 어떤 부분이 왜라고 명확히 말할 수 없지만 마음을 작게 두드리고 그 안에 있으면 몸과 마음이 느긋해지는 집이었다. 그것은 아마 숨어들 곳을 만든 마음과 같은 것이리라. 내 집에도 그런 틈이 있으면 했다.

크리스마스이브에 들렀던 마켓에서 가구 몇 점을 구매했다. 곧 이사하게 될, 아직 텅 비어 있는 집에 어울릴 가구들이 자연스레 눈에 들어왔다. 잘난 척하지 않으면서도 수수하게 아름답고 실용적인 가구들이다. 가구 배송지로 이사할 집 주소를 적고 마켓을 떠났다.

화이트 크리스마스는 어렵겠다는 일기예보가 있었지만 차창을 내다보며 그래도 혹시, 라고 기대한다. 예약한 크리스마스 케이크 찾는 거 잊지 마. 동생이 말했고 우리는 집에서 함께 케이크를 나누어 먹고 조금 들뜨고 행복할지도 모른다. 크리스마스 이브니까.

왠지 낯선 아침에 커피를 내린다. 검붉은 잼과 조금 굳은 빵, 하얀 안개와 푸른 겨울의 창, 투명한 눈의 결정체. 신선한 냄새를 풍기는 가문비나무 아래에는 독일의 크리스마스 숍에서 산 장난감 병정과 코펜하겐에서 구매한 목각 산타와 스톡홀름의 기념품 가게에서 고른 달라호스, 그리고 치앙마이의 다정한 비의 가게에서 산 작은 나무집, 지금은 없는 좋아하던 카페에서 산 은빛 눈이 휘날리는 스노우볼이 놓여 있다. 희부연 하늘에선 금방이라도 눈이 쏟아질 것 같다.

메리 크리스마스!

6인용 테이블

오랫동안 서울에 살았다. 고향은 전주예요, 하고 말하는 게 어색하지 않을 만큼의 시간이었다. 고향이란 어쩐지 애수 어린 단어다. 그리움과 함께 상실과 단절이란 의미를 품고 있는 것 같다. 공간뿐 아니라 한 시기에 대한 상실과 단절이기도 하다.

갓 스무 살, 홀로 서울 생활을 시작하며 수많은 공간을 거쳤다. 그것은 기숙사 이 층 침대 한 칸을 시작으로 다양한 모양을 한 방들이었다. 잠시, 혹은 한동안 머물렀던 공간들. 산다고 하는 느낌은 들지 않았다. 마지막에 머물던 방은 수령이 오래된 울창한 나무로 둘러싸인 아파트였다. 거실 한 면을 붉은색 페인트로 칠하고 마음에 두었던 6인용 식탁을 들이자 비로소 산다고 하는 기분이 조금 들었다. 지인을 초대해 음식과 공간을 나누는 건 삶을 완성하는 행위라고 생각했지만 6인용 식탁이 꽉 차는 일은 드물었다. 식탁은 외로움을 네모반듯하게 잘라 만든 가구처럼 보였다.

맞지 않는 신발을 신고 다니듯 서울 생활은 대체로 피로하고 고단했다. 그런 날이면 어김없이 엄마에게 전화가 왔고 그렇지 않은 날에도 엄마는 전화했고 그럴 때마다 나는 짜증과 피곤이 마치 엄마 탓이라는 듯, 퉁명스럽게 대꾸하기 일쑤였다. 엄마의 전화는 점차 뜸해졌다. 나는 나름의 숨 쉴 구멍을 찾아냈는데, 그것은 친구와 연인, 가깝거나 가까워질지도 모른다고 생각한 지인들, 그들과 함께 간 근사한 카페와 괜찮은 식당, 혹은 혼자 찾는 깜깜한 영화관 구석 자리거나 어느 날에는 여자들이 주인공으로 나오는 소설책과 책을 읽으며 마시는 맥주 같은 것들이었다. 그렇게 나는 익숙해졌다. 자기 전에 가족과 집을 떠올리는 것도 잊고 베개에 머리를 대자마자 잠들어 꿈도 꾸지 않는 사람이 되었다. 언제나집, 이라고 하면 떠올리던 고향 집 대신 나 혼자 사는 공간을 집이라 여기게 됐다.

그러나 몹시 고달프고 헛헛한 날이면 문득 엄마의 밥과 고향의 집이 그리웠다. 언제 와? 하고 엄마가 물으면 언제 한번 갈게, 라고 대답하던 만만하고 든든한 집. 언제나 그 자리에서 기다리고 언제라도 돌아갈 수 있다고 생각하는 장소. 단 한 번도 의식하거나 의심하지 않고 그곳을 부르는 이름은 '우리 집'이었다.

오랜 시간이 흐른 뒤, 6인용 식탁이 비로소 제 자리를 찾았다. 가족이 내 집에 방문하는 날, 커다란 탁자는 가득 차고 음식과 웃음소리가 넘친다. 조카들이 식탁에서 그림을 그리고 자매들은 끊이지 않는 대화를 나눈다. 모두 돌아가면 다시 조용해진 식탁을 닦고 내 고양이와 함께 앉아 차를 마신다. 설탕은 몇 스푼이나 넣을까요, 손님?

겨울 마당의 로즈메리는 놀랍게도 여전히 푸르고 싱싱하다.
로즈메리 가지를 꺾어 말렸다. 무심코 향이 나는 쪽으로 얼
굴을 돌리게 된다. 집 안에 떠도는 푸르고 창백한 겨울 냄새.

창밖엔 바람에 날리는 벚꽃처럼 하늘하늘 눈이 내리고 책장을 넘기기 힘들다. 찻물을 올리고 소파로 돌아와 책을 읽다 고개를 드니 또다시 내리는 눈. 태어나서 처음 눈을 본 고양이는 좋아서인지 신기해서인지 마당을 깡충깡충 뛴다. 마당은 부옇게 눈보라가 날리고 사방은 조용하다. 겨울에 이사와서 다시 겨울을 맞았다.

고요히 낙하하는

아침에 마당에 나가니 유난히 조용했다. 여름이와 아가들이 보이지 않았다. 외출이라도 한 걸까. 문득 이상한 예감에 정신없이 대문 밖으로 나갔다. 골목을 둘러보다 왈칵 눈물이 쏟아졌다. 아니라고, 그럴 리 없다고 도리질하며 달려갔다. 어린 고양이는 차가운 바닥에 누워있었다. 여름이의 막내 아기, 셋둥이였다.

나는 작고 보드라운 것을 안아 들었다. 정을 주지 않겠다고 마음먹은 내 손을 핥고 내 다리에 몸을 비비던 귀여운 아가. 다짐도 무색하게 나는 앙증맞고 보송보송한 것을 우연인 듯 슬쩍 만져보곤 했다. 처음으로 품에 안은 내 어린 고양이는 금방이라도 눈을 뜨고 밥 달라고 조를 것 같다. 명랑하고 발랄했던 생전 모습 그대로다. 내 조카들이 유독 귀여워하던 아가였다. 그렇게 일찍 가려고 사랑을 많이 받았던 걸까. 언 땅을 파고 아기를 묻었다. 멀찍이서 여름이가 조용히 지켜보았다.

창밖으로 보이는 마당은 침침한 회색이다. 밤이 올 때까지 불을 켜지 않고 어둑한 집 안에 앉아 있었다. 어둠 속에 하얀 눈송이가 고요히 낙하하고 그것은 물에 젖은 작은 별 같다. 늦은 밤 세수를 하다 왈칵 눈물이 쏟아졌다. 눈물이 마를 때까지 나는 오랫동안 얼굴을 닦았다. 이제 봄이 올 텐데. 따스하고 부드러운 바람이 불어오는 계절을 못 보고 겨울에 갔니, 아가야.

춥고 긴 밤, 세상에 남은 고양이들은 서로 껴안고 잠들었다.

이사 온 지 1년 되는 날이다. 살구와 둘이서 조용히 축하
했다.

살구의 마음으로
두 해 여름

마당을 서성이다 고개를 젖혀 달빛 깊은 검푸른 하늘에 핀 붉은 꽃을 꺾던 밤은 누군가 그리운 날이었을지도 모른다. 버터처럼 부드러운 잠에 빠진 어린 고양이의 귀에 나는 나직하게 속삭인다. 비밀은 아니지만, 새 계절이 오고 있어.

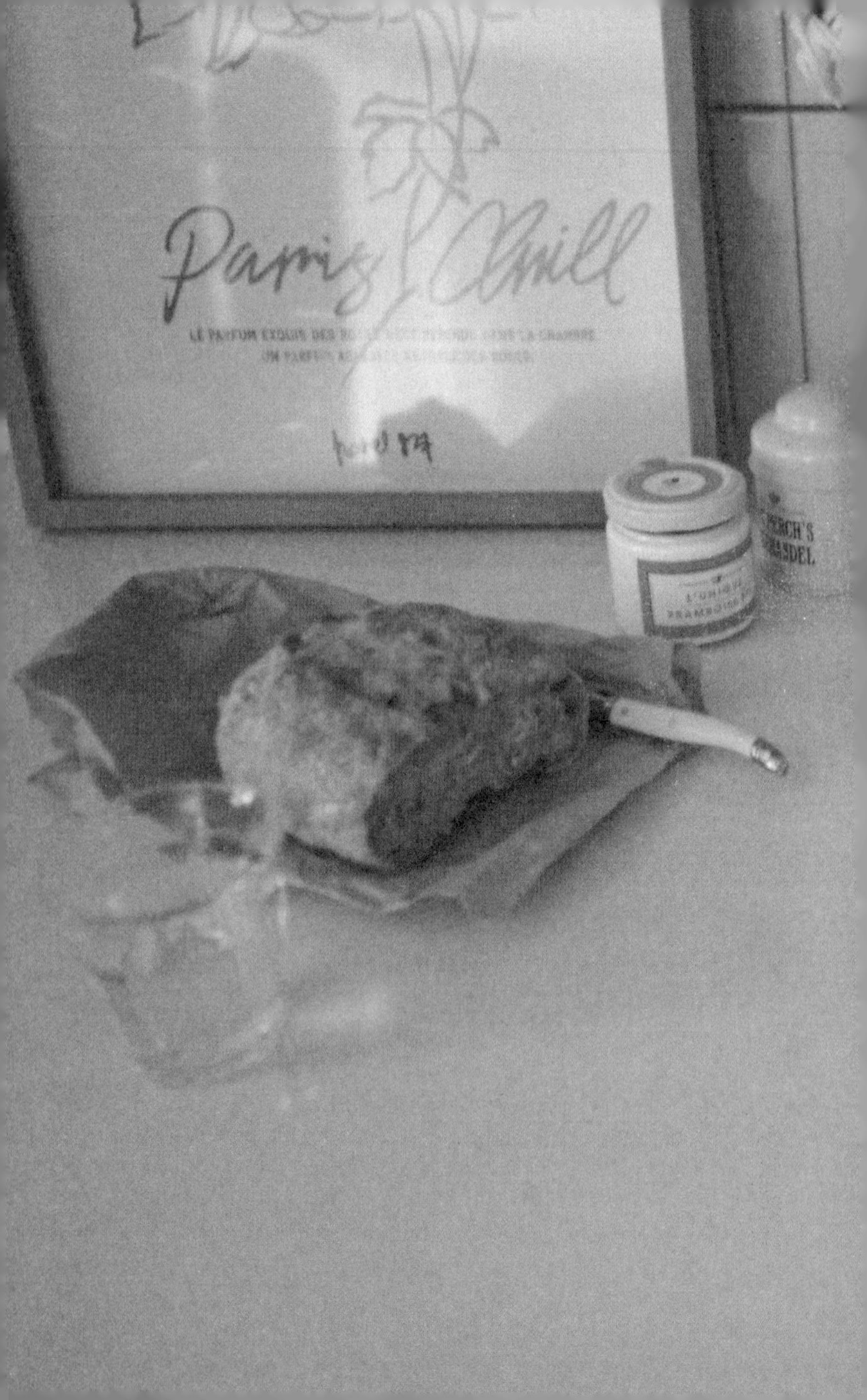

봄에 나는 무슨 일인지 히아신스 구근을 사지 못하고 내일
은 꽃집에 가야지, 어쩌면 모레쯤, 적어도 이번 주, 라고 다
짐하다 마당에서 언 땅을 뚫고 올라온 연둣빛 줄기 끝에 달
린 작은 꽃망울을 발견하고 작년 봄 한철 꽃 본 뒤 나무 아
래 무심코 버린 히아신스 구근을 기억해냈다. 아무런 징조
도 예상도 기대도 없이 때로 기쁨은 온다.

햇살이 스며든 부엌에서 나는 조금 웃으며 빵을 썰고 놀란
표정으로 나를 바라보는 내 고양이에게 이건 인간의 노래라
는 거야, 알려준다. 나는 봄을 좋아하지도 싫어하지도 않지
만 마당 있는 집에 이사 온 뒤로 봄을 기다리게 됐다. 봄은
어린 고양이의 걸음으로 조요하고 경묘하게 온다.

딸기잼과 옥수수식빵

아침마다 두 손 가득 딸기를 수확한다. 작년에 세 그루 심은 딸기 모종이 무섭게 번식해 마당 한쪽을 가득 점령하고 열매를 주렁주렁 맺었다. 비료 한 번 준 적 없는데 쑥쑥 자라니 기특하고 어여쁘다. 마당에 자라나는 것들을 바라보는 마음은 편하고 순해진다. 어쩌면 나는 내 마당을 사랑하는지도 모르겠다.

봄이면 엄마는 시장에서 싸게 파는 끝물 딸기를 사다 잼을 만들었다. 조금 시들고 짓무른 딸기는 당도는 최고라 잼 만들기 딱 좋았다. 집 안 가득 달콤한 냄새가 풍기면 어린 자매들은 설렌 얼굴로 엄마 곁에 모였다. 아직이야, 하며 엄마는 잼이 눋지 않게 주걱으로 냄비 속을 휘저었고 우리는 안달 나서 죽을 지경이었다. 갓 만든 딸기잼이 식기도 전에

자매들은 둘러앉아 밥숟가락으로 잼을 듬뿍 떠서 식빵에 발라 먹었다. 왠지 모르지만 딸기잼에는 옥수수식빵이 제격이었다. 배가 부른데도 먹고 또 먹었다. 빵이 다 떨어지고 나면 잼만 푹푹 퍼먹기도 했다. 잼 한 병이 반나절이면 끝이었다. 달콤한 잼으로 끈적끈적해진 입가를 혀로 핥으며 자매들은 마당으로 달려 나갔다.

부글부글 끓는 냄비, 희미하게 피어오르는 김 속에서 풍기는 어지럽도록 달콤한 딸기 냄새, 달아오른 열기를 식히려고 열어둔 창으로 바람이 불어 들고 미리 씻어 말려둔 유리병은 말갛게 빛났다. 모든 것이 아련하고 어룽거리고 꿈같고, 어쩌면 그건 꿈이었는지도 모른다.

크로커스, 캄파눌라, 매발톱, 패랭이, 로벨리아, 안젤로니
아, 운간초, 델피늄. 마당에 심을 꽃을 잔뜩 샀고 나는 아
무래도 보라색 꽃을 좋아하는 사람인가 보다. 지난밤 꿈에
서 나는 양귀비와 수레국화가 가득 핀 들판을 걸었고 그게
무슨 의미인지 모르지만 무척 아름다웠던 것만은 분명하다.

작별

봄이 되자 여름이는 아가들을 내게 맡기고 떠났다. 해 저녁 밥때가 돼서 대문을 나서는 여름이를 보고 이상해서 따라가 밥 먹자, 하고 부르자 여름이는 골목에 서서 나를 한참 돌아 본 뒤 어둑한 길로 사라졌다.

그렇게 훌쩍 떠날 줄 몰랐다. 고양이는 보통 이삼 개월 새 끼를 품다 독립시킨다는데 여름이는 유별났다. 늦은 여름에 낳은 새끼들을 반 년 가까이 보살폈다. 밥자리를 물려주거 나 쫓아내는 방식으로 새끼를 독립시킨다는데 짐작대로 여 름이는 밥자리를 물려주고 떠났다. 여름이는 사랑이 넘치는 다정하고 훌륭한 엄마였다. 남은 아가들은 엄마를 찾는지 야 옹야옹 울었다.

엄마 대신 아가들을 잘 키워보겠다고 각오했다. 각오가 필 요한 일이었다.

여름이 너, 다시 잘 생각해 봐. 화분 하나 제대로 건사하지 못하고 책임지기 싫어 반려동물은 생각지도 않고 고양이들 에게 정 주지 않겠다고 다짐하고 다짐한 이기적인 사람에게 정말 아가들을 맡길 셈이야? 만나면 붙잡고 따지고 싶었다기 보다 왠지 허전했다. 여름이 떠난 자리는 생각보다 컸다. 남 은 아가들도 안쓰럽지만 떠난 여름이도 걱정이었다. 여름이 는 1년 넘게 마당에서 아침저녁으로 내가 주는 밥을 먹었다. 동네에는 고양이를 챙기는 사람도 없는 것 같았다.

엄마만큼 잘 키워내기는 불가능했지만 먹을 것과 잠자리를 살피며 남겨진 아가들을 잘 돌보려 애썼다. 하지만 목련꽃 이 달처럼 하얗게 피어난 봄밤, 어린 고양이 한 마리가 고양이 별로 떠났다. 손 써볼 새도 없이 급작스러운 죽음이었다. 엄마 여름이를 가장 많이 닮아 줄무늬가 예쁜 둘둥이였다. 분명 전날 새벽에도 간식을 달라 조르고 뛰어놀던 아기가 갑자기 밥을 먹지 않고 힘없이 웅크리고만 있었다. 그러다 사라져 꼬박 하루 동안 모습을 감췄던 아기가 돌아온 건 늦은 밤이었다. 비틀거리며 집 안으로 들어간 아가는 담요 위에 힘겹게 웅크렸다. 좋아하는 간식을 넣어 줬지만 입도 대지 않았다. 첫둥이가 아픈 형제 곁에 누웠다. 새벽이 될 때까지 마당에 우두커니 서 있었다. 아무것도 할 수 없고 나는 무기력하다. 어둠 속에서 내가 할 수 있는 건 후회와 자책뿐이다. 왜 좀 더 잘 살피지 않았을까. 왜 안고 쓰다듬어주지 않았을까. 안을 수 있다면 병원에 데려갈 수 있었을 텐데.

다음 날 아침 둘둥이는 집 안에 고요히 잠들어 있었다. 엄마와 형제들과 껴안고 한겨울 추위를 견뎌낸 집에서 마지막 잠을 자고 떠났다. 죽은 뒤에야 나는 비로소 어린 고양이를 안아 본다. 여름에 태어나 가을과 겨울을 보내고 봄을 맞은 어린 고양이는, 봄볕처럼 귀하고 꽃처럼 어여쁜 내 어린 고양이는 다시는 눈뜨지 않는다.

이렇게 크고 훌륭하게 자라났는데, 그 혹독한 겨울도 견뎠는데. 어린 죽음은 허망하고 나는 절대로 익숙해지지 않는다. 아기를 마당 구석 작은 사철나무 옆에 묻었다. 어린 고양이가 좋아하던 곳이었다.

아기를 묻는 동안 남은 아가 첫둥이가 내 곁을 맴돌았다. 막 생겨난 무덤 위에 하얗게 핀 사과꽃과 아기가 좋아하던 간식과 사료를 두고 나는 집 안으로 들어와 울었다.

여름이는 마당을 떠나고 며칠 만에 홀쭉하게 여위어 돌아왔다. 밥자리를 찾지 못한 모양이었다. 아가들은 엄마가 반가워 달려갔지만 여름이는 하악질해서 아가들을 쫓아냈다. 그토록 새끼를 예뻐했던 어미의 낯선 모습에 나는 퍽 놀라고 당황했다. 그것은 고양이의 세계를 유지하는 질서이자 본능이었을 것이다. 여름이는 허겁지겁 밥을 먹고 황급히 떠났다. 그 뒤로 여름이는 아가들을 피해 종종 찾아왔다. 아가들은 엄마를 완전히 잊은 듯했고 엄마는 아가들과 정을 떼려는 듯싶었다. 여름이가 나타나면 아가들이 무서워 우는 통에 여름이는 밥도 못 먹고 허둥지둥 쫓겨가곤 했다. 여름이는 눈에 띄게 초췌하고 쇠약해졌다. 또다시 임신한 것 같았다. 여

름이는 다시 모습을 보이지 않았다. 여름이의 안부가 궁금했으나 남은 아가를 보살피는 일이 내게 남아 있었다. 둘둥이가 떠난 며칠 뒤 첫둥이가 앓기 시작했다. 먹지 않고 힘없이 누워있는 고양이를 바라보는 마음이 타들어 갔다. 다행히 첫둥이는 병원에 데려갈 수 있었고 열흘 동안 입원해 치료를 받고 무사히 집에 돌아왔다. 그리고 초여름 더위가 시작될 무렵, 한동안 안 보이던 여름이가 나타났다.

믿을 수 없었다. 여름이는 완전히 달라져 있었다. 잠시 알아보지 못할 정도였다. 비쩍 말라 얼굴마저 변했고 늘 깔끔하던 털은 형편없이 지저분했다. 여름이라고 알아챌 수 있었던 건 한 치의 망설임도 없이 살던 집으로 향해 그 앞에 놓인 물을 정신없이 들이켰기 때문이다. 잘 살피니 막 아기를 낳고 온 것 같았다. 출산의 흔적도 정리하지 못한 채 절박함으로 살겠다고 찾아온 것이다. 나는 허둥지둥 캔을 따서 여름이에게 가져다주었다. 여름이가 막 밥에 입을 대려는 순간 첫둥이가 울었다. 그러자 여름이는 제 아기를 잠시 바라보더니 힘겹게 담을 타고 사라져 버렸다. 그게 여름이의 마지막 모습이었다.

마당을 내다보는 시간이 길어졌다. 마당에는 남은 어린 고양이가 배불리 먹고 나무 아래에서 낮잠을 자고 있다. 나는 기다린다. 은회색 털에 검은 줄무늬가 있는 작고 예쁜 고양이가 사뿐사뿐 마당으로 걸어 들어오기를. 늘 새끼들에게 먹이와 잠자리를 양보하고 애지중지하며 세상에서 제일 귀하고 어여쁜 것으로 키워낸 훌륭한 엄마지만, 아가들이 잠든 사이 장난감을 살짝살짝 가지고 놀던 아직 어린 고양이일 뿐인 사랑스럽고 애처로운 여름이가 돌아오길 기다린다. 골목 모퉁이를 돌아 재빨리 사라지는 흔적들을 나는 오래 바라본다. 깊고 후미져 작은 고양이들만 드나들 수 있을 법한 곳들을 유심히 들여다본다. 늦은 밤 마당에서 기척이 나면 밖으로 뛰어나간다. 골목을 살피고 돌아오는 어둑한 밤, 수많은 자책과 후회로 나는 눈물을 흘린다. 내가 지닌 사랑의 양은 너무도 적어 충분히 주지 못했다. 사랑 많은 이를 만났다면 작은 고양이는 더 행복하고 안전하게 오래오래 살았을 것이다. 검은 밤하늘을 올려다보며 나는 상상한다. 혹시 누군가 죽기 직전인 고양이를 발견하고 밥과 물을 주어 돌봐 다시 힘을 차린 고양이는 어딘가 아무도 모르는 안전한 곳에서 새끼를 지극정성으로 키운다. 그것은 헛된 상상이고 가망 없는 희망임을 알지만 나는 기대를 거둘 수 없다. 아름답고 강인하며 지혜롭고 훌륭했던, 내 마당의 첫 고양이 여름이를 나는 기다리고 있다.

고양이 별로 떠난 내 다정한 고양이들, 그곳에선 아프지 말고 배고픔도 두려움도 불안도 고통도 없기를. 더 잘해주지 못해서 미안하고 미안해. 그래도 내 마당에 와줘서 기쁘고 고마워.

먼 여행

거실 창의 커튼을 걷는 것으로 아침을 시작한다. 음영이 다른 초록이 신선한 볕 아래 조용히 빛나고 어제보다 조금 더 무성해진 잔디 위로 처음 보는 어린 고양이가 조심스레 걸음을 내디딘다. 매일 달라지는 창밖 풍경이 아직도 낯설다. 작년에 씨 뿌린 데이지가 꽃을 피우고 밀림을 이뤘다. 의도했던 바는 아니다. 나는 여전히 서툰 초보 가드너다. 가만히 밀려드는 라일락 향, 겨울을 견딘 로즈메리는 더욱 푸르러졌다. 작년 봄에 두 그루 심어 딱 한 송이 꽃을 보았던 작약이 올해는 풍성한 꽃을 피웠다.

두 해째 봄이라니 묘한 느낌이다. 종종 그런 기분이 든다. 어쩌면 나는 여행 온 듯 이곳에 살고 있는지도 모른다. 아주 멀리 떠나와 집을 빌려 장기 투숙 중인 듯한 나날들. 오래 살아왔던 익숙했던 일상과 조금 다른 삶을 살고 있기 때문일까. 잘 알지 못하는 채로 우선은 살아가고 있다. 내 여행이 대체로 그랬던 것처럼. 낯선 곳을 찾아 떠나지만 결국은 옅은 그림자 같은 풍경을 지나며 조금 짙어진 나를 발견하는 것. 더 나아진다거나 변한다는 건 모르겠다. 그저 조금 더 나를 이해하게 되었을 뿐.

두 개의 집

많은 에세이와 소설에서 어째서 작가들은 그토록 엄마에 관해 집요하게 쓰는 걸까, 궁금했다. 이제 조금은 짐작할 수 있다. 세상에 태어나 제일 처음 본 사람, 울고 똥 싸는 일 외에는 아무것도 하지 못하는 빨갛고 물컹한 존재를 아무 이유도 조건도 없이 무한정의 애정을 보여준 사람을 어떻게 사랑하지 않을 수 있을까. 혹 원망과 증오를 품는다면 그 역시 끝없는 애정과 갈망의 산물일 것이다. 두렵고 아프고 넘어질 때마다 반사적으로 튀어나오는 이름, 엄마. 내 애정의 첫 대상이었다. 이 집은 내가 오롯이 기억하는 첫 집이다. 내 모든 집의 원형이 이곳이다. 그리하여 이곳은 내 최초의 집이자, 아마도 마지막 집이 될 것이다.

우리에게는 물리적인 집만이 아니라 심리적인 의미의 집도 필요하다. 우리에겐 지치고 다친 마음을 위로할 피난처가 필요하다. 일상을 견디고 돌아와 창 너머로 어둠이 깔리는 것을 바라보며 몸과 마음의 긴장을 풀고 다시 살아갈 힘을 얻는 내 오롯한 안식처, 그곳을 우리는 집이라고 부를 것이다. 어딘가 그런 곳이 있다면, 우리는 집으로 돌아갈 수 있다.

여름과 꼬마

여름빛이 부신 어느 날, 마당에 새 손님이 나타났다.
어디에서 왔는지 모를 작은 손님은 병색이 완연했다. 한 줌
솜털처럼 여리고 가여운 고양이는 바들바들 떨며 마당으로
들어와 불안함을 빚어 만든 공처럼 웅크려 수국 그늘 속에
숨었다. 호기심과 경계심을 가득 품고 첫둥이가 새끼 고양이
에게 다가갔다. 겁에 질린 아기는 외마디 비명을 지르는 대
신 가냘픈 소리로 울었다. 나는 아기가, 가련한 아기가 제발
달아나 주었으면 했다. 더는 내 마당에서 죽음을 보고 싶지
않았다. 그러나 기진한 새끼 고양이는 움직이지 못하고 내
어린 고양이, 첫둥이가 새끼를 품에 안았다. 곧 꺼질 듯한
작은 생명을 첫둥이는 애지중지하며 보살폈다. 마치 제 동생
인 듯, 아니, 제 아기라도 되는 듯. 얼마 뒤 죽어가던 아기가
기운을 차리고 일어났다.

세상에 태어나 처음 본 이를 엄마로 각인하는 새끼오리처럼 아기는 첫둥이를 졸졸 따라다닌다. 머리를 맞대고 밥을 먹고 첫둥이가 세수를 하면 그 옆에서 복숭아색 혀로 털을 핥는다. 어설프고 귀엽고 우습고 사랑스럽다. 첫둥이가 달리면 아기도 따라서 달린다. 마당을 질주하고 탐색하고 뒹군다. 마당의 모든 것은 어린 고양이들에게 장난감이고 호기심의 대상이다. 볕 좋은 날이면 마당의 탁자에 올라 나란히 앉아 부드러운 바람이 불어오는 방향으로 시옷 자 모양 입을 움찔거리고 고개를 들어 은빛 수염이 바르르 떨려 빛난다. 둘이 꼭 껴안고 잠든 밤, 세상에 의지할 데 하나는 생겼구나 싶어 안도하면서 한없이 슬프다. 아기 고양이를 일단은 꼬마라고 부르고 있다. 꼬마는 하루가 다르게 쑥쑥 자란다.

나는 한없이 다정한 내 고양이, 첫둥이를 보듬고 어루만진다. 엄마와 형제를 잃고 홀로 남은 내 가련한 아기. 갑자기 마당에 나타난 다 죽어가는 새끼 고양이를 품어준 놀랍도록 상냥한 내 고양이. 작은 고양이가 골골거리며 내 품에 기대면 나는 커다란 세상을 안고 있는 기분이 든다.

살구의 마음

마당의 여름은 살구로 시작된다.

나무를 올려다보며 올해는 어째 살구가 하나도 열리지 않나 보다 했는데 비 온 뒤 아침, 마당에 노란 열매가 떨어져 있다. 빗방울을 머금은 열매가 햇살에 반짝인다. 숨어서 빛나는 작고 아름다운 존재들. 동그랗고 유순한 열매를 소중히 주워 든다. 내 고양이 살구에게 보여주고 싶다.

유연한 사람을 동경한다. 어느 때고 흔들림 없고, 어느 것에도 휘둘리지 않고, 치우침 없이 산뜻하며, 눈과 마음은 깊고 넓으며, 말과 태도가 겸손하며 온화한 사람. 아마도 숲 같은 사람일 것이다. 어쩌면 호수 같은 사람일 것이다. 뺨을 부드럽게 스치는 봄날 저녁 공기 같은 사람일 것이다. 아무도 없는 벌판 위에 소복소복 쌓이는 하얀 눈 같은 사람일 것이다. 그런 사람을 보면 가슴이 뛴다. 내가 그런 사람이 되지 못하기 때문일 것이다. 유연함은 충만함에서 온다고 생각한 적 있다. 타인과 견주거나 비교하는 마음 없이, 오롯이 자신의 삶에 충실하며 인간의 품위를 유지할 때, 충만함은 조용히 깃든다고 생각했다. 그러니까 나는 세상에 없는 사람을 꿈꾸는 것 같다.

아침에 고양이에게 밥을 주고 마당을 둘러보며 집 안에 둘 꽃을 몇 송이 꺾는다. 봄에는 딸기를, 여름에는 토마토를 얻었다. 나무로부터 사과와 살구를 선물 받기도 했다. 부엌 창가에서 마당을 뛰노는 어린 고양이들을 바라보며 사과를 먹고 나면 책상에 앉아 글을 쓰고 책을 읽는다. 간식 달라고 조르는 고양이를 쓰다듬고 어느 날은 서늘한 마루에 함께 누워 낮잠을 자고 일어나 꿈을 꾸는 사람처럼 멍하니 푸르스름하게 저녁이 깃드는 마당을 내다본다. 풀벌레 소리가 들려오는 밤의 창가에 앉아 다시 글을 쓰고 고양이는 내 옆에서 단잠을 잔다. 아무것도 특별한 일이라곤 없는 날이 조용히 저문다.

드물게 손님이 찾아오면 함께 마당을 거닐며 로즈메리, 민트, 바질, 딸기, 데이지, 세이지, 이쪽은 사과나무, 살구나무, 붉은 꽃 핀 큰 나무에 곧 석류가 달린다고 알려주는 목소리는 바람에 부드럽게 흩어지고 흐드러진 꽃 사이를 날아다니는 꿀벌들, 청량하게 퍼지는 초록 풀벌레 소리, 오래된 집의 방문을 열어 여름 침실의 창가에선 라일락 향이 스며들고 누우면 별이 보여, 하고 말하는 목소리는 왠지 조금 쑥스러워서, 나란히 앉아 창 너머로 그늘 속에서 담담히 피어난 푸른 수국과 나무를 타고 오르는 어린 고양이를 바라보며 레몬그라스와 사과, 시나몬과 이른 여름비와 숲 냄새가 나는 차와 어디론가 멀리 떠나는 꿈을 꾸었던 지난밤처럼 진한 커피를 마시고 아침에 마당에서 주운 살구를 나눠 먹으며 그것이 옹색하다고 타박하지 않고 어쩐지 여행 온 기분이야, 하고 작게 후후, 웃으면 따라서 조용히 미소 짓는 유순한 살구의 마음처럼, 이 집에서 그렇게 살고 싶다.

살구, 하고 부르자 작고 노란 고양이가 도도도, 나를 향해 뛰
어온다. 나도 모르게, 나는 가만히 웃는다.

집의 기록

살구의 마음

ⓒ최상희 2023

1쇄 2023년 10월 25일
지은이   최상희
디자인하고 펴낸이   최민
펴낸곳   해변에서랄랄라
출판등록   2015년 7월 27일 제406-2015-000098호
주소   경기도 파주시 가온로 205
문의   031-946-0320(전화), 031-946-0321(팩스)
전자우편   lalalabeach@naver.com
인스타그램   lalalabeach_
ISBN   979-11-970613-1-8